勇者パーティーを追放された白魔導師、Sランク冒険者に拾われる
White magician exiled from the Hero Party, picked up by S-rank adventurer
〜この白魔導師が規格外すぎる〜
JN055139
水月 穹
ill. DeeCHA

「ロイド、お前には
パーティを抜けてもらう」
勇者 アレン
世界で四人しか
存在しない勇者の一人

「理由を……教えてくれないか？」
ロイド
白魔導師
「…………」
リナ
勇者パーティー

ユイ
Sランク冒険者
「あのさ……依頼、無理に誘っちゃってごめんね」

「まぁ、俺も仕事がなくて困ってたからな……」

「ロイドの強化魔法さえ
あれば百人力よ！」

皆だって戦えるわ！
だから、絶対に勝ちましょう！」
ダッガス
Sランク冒険者

クレハ
獣人《けものびと》
「ロイド……ねえ、この人……」
「これは……いったい……」

勇者パーティーを追放された
白魔導師、
Sランク冒険者に拾われる

～この白魔導師が規格外すぎる～

水月 穹　ill. DeeCHA

デザイン　世古口敦志+前川絵莉子（coil）
イラスト　DeeCHA

contents

第一話　白魔導師、追放される

「ロイド。お前には、このパーティーを抜けてもらう」

俺の所属しているパーティーのリーダーを務めるアレンが唐突に放ったその言葉を、すぐに理解することができなかった。

早朝。俺は寝ているところをアレンに起こされ、普段は作戦会議などで使われている部屋へと連れてこられた。

部屋に入ると、すでに他のメンバーが席に座っており、不機嫌そうな顔でこちらを睨み付けてきた。

はて、何を怒っているんだ？　それにこんな朝早くになんて珍しいな……と。

そんな疑問を抱きながら始まった話で、最初に放たれた言葉がそれだった。

理解が追い付かない。

何故だ？

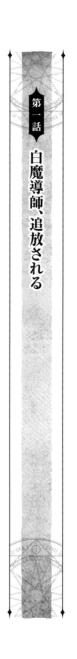

記憶を遡《さかのぼ》り、原因を探るがそれらしいものは見つからない。

「その理由を教えてくれないか?」

理由もなしに追放なんてあり得ない。

きっと、何かしらの理由があるはずだと。

そう思い、俺はアレンにそう問いかける。

「じゃぁさ、逆にお前がこの勇者パーティーにいる理由を教えてくれない?」

アレンは俺を見ながら、嘲笑うような笑みを浮かべた。


俺の職業は白魔導師だ。支援魔法を得意とする職業であり、この勇者パーティーではアレンに言われた通り、戦闘のサポートに専念している。

自分で言うのもなんだが、この勇者パーティーが結成されてから一年間、しっかりと白魔導師としての仕事はこなしてきたはず……。

クビにされる理由など、皆目見当もつかない。

「俺はパーティーの支援職としてしっかりとサポートをしていたつもりなんだが……」

「お前さ、いつも後ろに立ってるだけじゃねぇかよ。なんか後ろでごそごそやってるみたいだけどさ……何か偉そうに指示出すし、ぶっちゃけ目障りなんだよ」

アレンがそう言うと、周りのパーティーメンバーも共感するかのような反応を見せた。

皆も俺のことを目障りだと思っていたのだろう。

そんな中、ルルが不機嫌そうな表情をしながら口を開く。

「確かに勇者パーティーのメンバーってのは名誉なことだし、報酬だって普通に働くよりも何倍もいいけど……だからって実力がないくせに、勇者パーティーに居続けようなんて、ほんと最低な男ね」

「ん……本当に最低」

ルルの話を聞いたミイヤが頷く。

実力不足のくせに、金や名誉が欲しいばかりに、パーティーに居続けられるとは迷惑だと。

ルルやミイヤはそう言いたいらしい。

金や名誉はともかくだ。実力に関して言えば、悔しいが否定はできなかった。

理由は簡単。そう、俺があまり周りのことを知らないからだ。

否定しようにも、その判断基準がなくては否定はできない。

俺は幼い頃、師匠に拾われてからはずっと山奥にある師匠の家で過ごしてきた。

俺の使う魔法のほとんどは、その時師匠に教えてもらったものだ。

そして一年前、とある理由でこの街にやって来た。

その後、街でたまたま勇者パーティーのメンバー募集の張り紙を見た俺は、試験を受け、勇者パーティーの一員となったのだが……。

そういったこともあって、俺は他の白魔導師がどれほどのものなのかを知らない。

他人にそこまで興味を持たなかったということもあるが、そもそも関わる機会もあまりなかったからだ。

だから……もしかすると今の俺ではルルやミイヤの言うように、名誉ある勇者パーティーの支援職としては実力不足なのかもしれない。

「そうか……確かにそうかもな」

否定することができず、俺はルルとミイヤの言葉に頷いた。

「まさか、自分でその自覚があった上で勇者パーティーに居続けていたとは……ロイド、見損なったぞ」

そんな俺の様子を見ていたパーティーの盾使いであるリナは、まるでゴミを見るような目を俺に向けてきた。

さらに、

「本当に不愉快な人間ですね。最低です、今すぐに私たちの前から消えてくれませんか？　このままでは、アレン様の評価まで下がってしまいます」

シーナはそう言うとアレンの右腕にしがみついた。そしてアレンの目をじっと見つめる。

「確かに。あいつは白魔導師のくせに回復は聖女であるシーナに任せっきりだったからな。シーナのその気持ちはよーく分かるよ」

アレンがシーナの頭をそっと撫でる。

「あっ、ずるーい！」

「ん、シーナ……抜け駆けはダメ！」

それを見ていたルルとミイヤが負けじとアレンの左腕へと飛び付く。

甘い空気が部屋の中に漂う。

大事な話をしているとは到底思えない空気に、少し苛立ちを覚えながらも冷静に、辺りを見渡し状況を把握しようとする。

そんな中、リナだけはじっと俺のことを睨み付けていた。

やはり、リナはしっかりしている。

これは育ちが良いからなのだろうか？

リナはここら一帯を治めている貴族の娘だ。なんでも、自ら勇者パーティーの一員になることを志願したと言う。とにかく、人のためになるようなことをするのが大好きだとのことで勇者パーティーの試験を受けたらしい。

金銭的に困っていたから志願した俺とは大違いだ。

「まぁ、そういうわけだからさ、ロイド。有り金を全部置いて、このパーティーを出ていってくれよ」

アレンが机をトントンと叩く。

なるほど。持っている金を全てここに置けということだろう。

だが、俺が金を払わなければならない理由なんてないはず。

「何故、置いていかなければならないんだ？」

「はぁ？　そりゃお前、迷惑料だよ、迷惑料！　俺たちの足を引っ張ってきた分、払えって言ってんの！」

アレンが大きな声で俺に怒声を浴びせる。

別に、これと言って迷惑をかけた覚えはない。

金を払う義理なんてないはずだ。

しかし、アレンは俺が迷惑料を払わない限り、この勇者パーティーのためだけに設けられた三階建ての建物からは出してくれないだろう。

ここは二階。窓から飛び降りるという手もあるが、そうなれば金を払わなくてはならない明確な理由を作ることにもなってしまう。

勇者の権限なんて使って、手配でもされたらたまったもんじゃない。

……仕方ない。

「今は、これくらいしか持っていないが……」

収納魔法でしまっていた財布を取り出し、その中身を全て机の上に置いた。

「えーと、どれどれ……全部でだいたい12万Gか。まぁまぁ持ってんじゃねぇか。こんだけあれば、今夜は旨いもんが食えるな」

アレンが嬉しそうにお金を数えながら、ポケットにしまっていく。

「あっ、もう帰っていいぞ。というか、早く出てってくれよ。この後、依頼があってさ、準備しないといけないし」

アレンはそう言うと、俺に出ていくように手で促した。

周りからの冷たく、鋭い視線が刺さる。

俺は居心地が悪かったこともあり、アレンに従い、足早に部屋を出た。

そして扉をガチャリと閉める。

「これでやっと邪魔者を排除できましたね」

「うん、やっぱりアレン最高！」

「ん……さすがアレン」

「だろ？　今日の依頼もいつも通りさっさと片付けてさ、早く遊びに行こうぜ！」

扉越しに、リナを除いたメンバーの楽しそうな会話が聞こえてきた。

「はぁ……俺はそんなに嫌われていたのか……」

悲しい。

試験を受け、他の受験した支援職の人たちよりも優秀だと認められ、勇者パーティーの一員となった時はかなり嬉しかった。

初めて仲間と呼べる存在ができたと。

俺はそう思っていた。

だが、どうやらそう思っていたのは俺だけだったようだ。

「……どうしたものか」

この街には、友達どころか知り合いと呼べる人すらいない。

つまり、行くあてが全くないのだ。

しかもお金すらない。

「こんなことになるなら、師匠に人との付き合い方も教えてもらっておくべきだったな」

いや、師匠に尋ねてもダメか。

美容と酒にしか興味がなさそうだし、そもそも人付き合いが苦手で山奥に住んでいるような人間だ。

聞くだけ無駄だろう。

「……とりあえず、ここを出るか」

ここにいても仕方がない。

俺は魔法以外を学んでこなかったことを後悔しながら荷物をまとめ、建物を後にした。

第二話　Ｓランク冒険者との出会い

建物を出た後、俺はこのイシュタルの街の中心にある広場のベンチに腰掛けながら、立派な銅像を眺めていた。

銅像の台座についているプレートには『マーリン』と書かれている。

「あれが……師匠なのか？」

師匠にどこか似ている気がするものの、何かが違うような……。

その銅像の名前は、俺の師匠と同じなのだが、顔と体型が少し違う気がする。

特に違和感があるのは胸の大きさだ。

師匠の胸は間違いなく、あそこまで大きくはなかったはず……。


「ねぇ、あなたもマーリン様のファンなの？」

銅像を眺めていると突然、知らない女から声をかけられる。じーっと見つめていたため、ファンか何かだと勘違いされたみたいだ。

「いや、違うが……」

「あっ、そうなんだ……」


それを聞いた女は少し残念そうな顔をした。

「で、でも当然、マーリン様のことは知っているでしょ？」

「まぁ……それは……」

知る知らない以前に、俺に魔法を教えてくれたのはおそらくこのマーリンだ。

俺はここに来るまで、師匠のことをただの自堕落な魔法使い程度にしか思っていなかったのだが、どうやらこの街ではかなりの有名人らしい。

街の至るところに、実際よりも胸の大きな師匠の銅像が建てられていた。

「今年でマーリン様が姿を消してから、ちょうど十六年が経つのよね」

女が銅像を眺めながら呟く。

そうか……。確かに、幼くして捨てられた俺が師匠に拾われてからだいたい十六年が経つ。

時系列的にはおかしくない。

当時はまだ一歳だったため、全然記憶にはないのだが……。

「はぁ、一回だけでもいいから、マーリン様に会ってみたいわ……」

女がうっとりとした表情で銅像を見つめていた。

この街で、師匠に会いたいと言う人はたくさんいる。

むしろ、会えるならば会ってみたいと言う人がほとんどだ。

しかし、何をどう思えば、あんな人間に好き好んで会いたいと思うのか、俺には全く理解することができなかった。

一緒に住めば、毎日ほぼ全ての家事を任せられるし、めちゃくちゃな魔法の研究にも付き合わされるし……。

師匠が「老化を止める魔法を創る！」なんて言い出した時は、魔法で眠らなくても大丈夫な身体にされた後、一週間もの間、無理やり研究に付き合わされたのだ。

学べることも多かったが、まるで地獄のような毎日だった。

俺はそれが嫌になり、このそこそこ人の多い街に逃げてきたのだ。もっと広い世界で師匠に縛られず、自由に生きるために……。

師匠は何故か人の多いところを、異常なまでに嫌がっていたからな。

ここには来れまい。

「会わない方がいいと思うんだが……」

おそらくファンであろう女の、理想のマーリン像を壊さないためにも、周囲には聞こえないほど小さな声で呟いた。

女はしばらくその銅像をうっとりとした表情で眺めていたが、ふと何かを思い出したらしく、慌てた素振りを見せる。

「って、そうだ！　私、こんなところで休んでいる場合じゃなかったんだ……」

「何かあるのか？」

「いや昨日ね、パーティーの白魔導師が体調を崩しちゃってさ。今受けようと思っている依頼があるんだけど、場所がかなり遠くて……明日には出発しないといけないの。だからそのフリーの白魔導師を探してたんだ」

依頼ということは、おそらく冒険者なのだろう。

こんな昼間っから何をしているのかと思えば、代わりになる白魔導師を探していたのか。

「その、俺も白魔導師なんだが……」

「えっ、ほんとに⁉」

「あ、あぁ……」

「見たことない顔……冒険者ではないわよね？」

「そうだ。今はフリー……というか」

失業中、とは言えなかった。

だが女はそれで満足したらしく、嬉しそうに笑った。

しかし……。

「いや、……俺なんかじゃ、その人の代わりは務まらないと思うぞ」

つい先ほど、実力不足と言われ、パーティーを追放されたばかりだ。

同じ失敗を二度繰り返すほどバカではない。

それにパーティー戦では、メンバーのことをどれだけ理解しているかが、重要になってくる。

俺なんかでは、その人の代わりは務まらないだろう。

それにたぶんこの女、かなりの実力者だ。

「た、確かにね。あの依頼の難易度は、結構高かったわ……」

やはり、俺がパーティーに入ったところで足を引っ張るだけだ。

「だからすまない。他を当たってく……」

「まぁいいわ！　あなた、ちょっとついてきてくれない？」

女はそう言う、と物凄い握力で俺の腕を掴んだ。


「へぇ？」


俺は突然のことに驚き、思わず変な声を出してしまう。

「こっちよ！」

「えっ、あっ、はい？」

◇

女に引っ張られ、俺が強引に連れていかれた先は、やはり冒険者ギルドだった。

「ただいまー！」

女が勢いよく、冒険者ギルドの扉を開けた。

中にいた冒険者たちの視線が女の下《もと》へと集まる。

「おっ、ユイ。随分と早かったんじゃないか」

俺をここまで連れてきた女冒険者はユイと言うらしい。

大きな盾を背負った男が、俺を引っ張ってきた女、ユイの下へと近寄ってくる。

大きいな……。

男の身長はかなり高く、おそらく百八十は軽く超えると思われるほどだ。

「やはり、フリーの白魔導師なんてこの街にはいなかっただろ？」

盾を背負う男が呆れたように言う。

「ううん、見つかったわ」

「そうだよな、見つかるわけない……って、えっ？」

男がポカンと口を開ける。

「み、見つかったってのは本当か？　本当にフリーの白魔導師がいたのか？」

「えぇ、だからそう言ってるのよ」

少し大げさな気もするが男の反応は間違ってはいない。

本来、支援職である白魔導師が一人でいるなんて、そうそうあり得ないことだからだ。

白魔導師とは、回復魔法や支援魔法などを得意とする職業であり、攻撃魔法も扱えるが、あまり火力を出すことができない。

弱いモンスターなら白魔導師でも簡単に倒せるが、ある程度強くなって来ると、倒すことが難しくなってくる。そのため、大抵の白魔導師はパーティーに入り、サポートに徹する。

職業が白魔導師でも商人や農民になるという選択肢もあるのだが……。

もっともそんな人間は、昼間っから広場で座り込んで黄昏《たそが》れていたりしないだろう。

「紹介するわね。さっき、広場で暇そうにしてた……えーと、名前は……」

ユイが俺の方を振り返る。

そう言えば、まだ名乗っていなかったな。

「ロイドだ。職業は白魔導師だが……」

本当に大丈夫なのだろうかと。

不安が胸に込み上げてくる。

きっと、この盾を背負う男はユイのパーティーのメンバーなのだろう。その後ろには、弓を持った男と杖を持った女もいた。

彼らもパーティーメンバーだろうな。

三人は呆れた顔をしながら、こちらを見ていた。

「あのさ、ユイ。やっぱり依頼は断ろうぜ」

弓を持つ男が前に出てくる。

「なっ、どうしてよ！　白魔導師なら見つけて来たじゃない！」

「まぁ……いやさ、だけどよ……さすがに難易度Ａの依頼を、あいつなしで受けるのは無理だろ」

男の言うことは正しい。

慣れないメンバーでの活動は命取りになる。

やはり、俺はパーティーに加わるべきではない。

と言うか何故、加わる方向で話が進んでいるのだろうか？　俺は臨時でパーティーに入るなんて一言も言っていないはずだ。

「おい、俺は入るなんて一言も……」

「でも、私たちが依頼を放棄したら、依頼主はどうするの！　このままじゃ畑の作物が全部やられてしまうのよ！」

ユイが必死に三人に問いかける。

そうなれば、多くの人が困ってしまうと。

ここに、もっと身近に困っている人が一人いるはずなのに……。

そんな俺を他所に、ユイとそのパーティーメンバーの話は進んでいく。

「ユイ。やっぱりあいつがいないと……」

「そうだ。それに、とてもこの男がクルムの代わりになるとは思えない」

クルム……。このパーティーで支援職をしており、本来ならその依頼に参加するはずだった人だろう。

「うん。私もそう思う。ユイ……気持ちは分かるけど、今回の依頼はやめておこう」

そう言った杖を持つ女の手には、力が込められていた。他の二人も悔しそうな顔をしている。

きっと三人も、依頼主のことを助けたいと心から思っているのだろう。

だが、それができない理由がある。

依頼は、失敗した回数が増えればその分、難易度が上がってしまう。死者が出たともなれば、ほぼ確実に上がるだろう。

そして難易度が上がれば、依頼主の払わなければならない報酬の額も上がってしまい、最悪、依頼主は依頼そのものを取り下げなくてはならなくなる。

そうなれば、冒険者たちは依頼を受けること自体ができなくなり、依頼主を救えなくなってしまう。

だったら勇者パーティーが、と思う人がいるかもしれない。だが、よほどの理由がない限り、一般の人が勇者に依頼をすることはできない。

きっと彼らは、そのことをよく理解している。

だから、安易に受けようとは言えないのだ。

「なぁ、それなら他のパーティーに譲ればいいいんじゃないのか？」

俺は自身の考えをユイたちに提案してみた。

別にユイが受ける必要はないんじゃないかと。

しかし、

「それは、できないんです……」

　杖を持つ女が、暗い表情で答える。

「どうしてだ？」

「この依頼の難易度はA。しかもパーティーであることが条件。つまり、最低でもAランクの冒険者のパーティーでなくては受けることができないんです」

「この冒険者ギルドには、私たち以外にこれを受けられる冒険者はいないの。勝手に自分のランクよりも高い難易度の依頼を受けると、ギルドから重い罰を下されるからね……」

「そうなのか……」

　それなら他のパーティーから借りれば、とも思ったのだがパーティーは登録されている人以外には認められず、またそれを破った冒険者には罰則が与えられてしまうそうだ。

　それで罰則を受けない、つまり冒険者ではないフリーの白魔導師を探していたとのこと。

　これで俺を誘った理由にも納得がいく。

　この会話を聞いていた他の冒険者たちの表情も暗くなる。


　なんと言うか、物凄く気不味い状況になってしまったな……。


　俺だって力になれるならなってやりたい。

　だが、俺にはその力がない。会話の内容から察するにユイたちはかなり高ランクの冒険者なのだろう。

俺なんかには荷が重すぎる。

一言伝えて、この場から立ち去ろう。

そう思い、口を開こうとした。

——その時だ。


「ねぇ、つまりクルムと同じレベルの魔法を使えればいいのよね？」


ユイが三人に問いかける。

「まぁ、それなら依頼を達成できるかもしれないが……」

「ユイ、それは無理ですよ。この街にクルムに並ぶ実力を持った白魔導師なんているわけがない。そんな人がいるなら噂になるはず……」

クルムと言うのはよほど優れた白魔導師なのだろう。パーティーメンバーの情報を今から頭に叩き込んだとしても、実力的に考えてそんな人の代わりが到底俺に務まるはずがない。

そもそも俺は代わりを務めるなんて一言も言っていないのだが……。

「やはり、俺なんかではその人の代わりには……」

「あぁ、もう……分かったわよ！」

突然、ユイが俺の言葉を遮り大声で叫んだ。

ふぅ。ようやくユイも諦め……。

「ロイドがクルムと同じレベルの魔法を使えればいいんでしょ！　さぁロイド。あんたの魔法、ダッガスたちに見せつけてやるわよ！」

そう言うとユイは、俺の腕を力強く掴んだ。


「へぇ？」


突然のことに驚いた俺はつい、変な声を上げてしまう。

「ほら、ダッガスたちも！　急いで行くわよ」

「「「は、はい？」」」

ダッガスたち三人が、まるで鳩が豆鉄砲を食らったような表情になり反射的にそう返事をした。

その後、俺はユイに強引に腕を引かれながら近くの森へと向かって足を進めた。

そこで俺の白魔導師としての腕を試すつもりらしい。

もっとも俺はやるなどとは一言も言っていないのだが……。

最初は他のパーティーメンバーが止めてくれるだろうと思っていたのだが「まぁ、これでユイが諦めてくれるなら……」と呟きながら、俺とユイの後を付いてきていた。

……なるほど。

どうやらこいつは人の話を聞かないらしい。

「はぁ……」

何故、こうなってしまったのだろう。

「さぁ、ロイド。あなたの支援魔法の腕を見せてもらおうじゃない！」

ユイがキラキラと目を輝かせながら、まるで何かを期待するかのように俺を見つめている。

それに対しダッガスたちは俺へ、哀れむかのような目を向けていた。

「いや、見せてもらおうと言われてもな……」

ここに来る途中で知ったのだが、ユイたちのパーティーは全員がSランク冒険者だそうだ。

詳しくは知らないが、確かSランクは冒険者の中では最も高いランクだったはずだ。

おそらくは、そのクルムという人もSランクの冒険者なのだろう。

果たして、そんな人が使うような魔法を俺が使えるのだろうか。


――否だ。


そんな人が使うような魔法を俺が使えるはずがない。だから、ユイの期待に応えることはできないだろう。

しかし、ここまで期待されてしまうと今さらそんなことは言いにくい。

「はぁ……」

本当に、何故こんなことになってしまったのだろう。

そんな後悔と、期待させておいて申し訳ないという罪悪感が俺を襲う。

それに、緊張する……。

ユイは俺に、どれほど難しいものを要求してくるのだろうか……。

俺はゴクリと唾を飲んだ。

「そうね。とりあえず……全員に強化魔法をかけなさい！　あっ、一度に全員ってことね。一人一人かけていくのは禁止よ。強化魔法の効果はなんでもいいわ」


「……へぇ？」


それを聞いた俺は驚きと困惑のあまり、変な声を漏らしてしまう。

何故、俺が困惑しているのか。

その理由は、ユイの求めてきたものがあまりにも簡単すぎたからだ。

強化魔法を複数人に同時にかけることは、俺でも容易にできる。

どういうことだ？

ユイはいったい何を求めているんだ？

分からなくなった俺はダッガスたちへと視線を向ける。

「おい、そんなの普通の白魔導師には無理だろ……」

いや、そのくらいなら……。

「ほら、見てみろよあの反応。困惑してるぞ」

「ユイ……やっぱり、クルムが復帰するのを待ちましょう」

三人は俺へと哀れみの目を向けていた。

まるで、俺のことを可哀想だと言わんばかりの表情をしている。

それを見て、俺はますます状況が理解できなくなってしまう。

本当に、何を求められているのかと。

「えっ、ロイド……もしかしてできないの？」

ユイが心配そうに俺を見つめる。

「いや、一応できるのだが……」

俺は今何故か、Sランク冒険者だけで結成されたパーティーに入れるか否かを試されている。

かなり難しい魔法を要求してくるのが普通だろう。

だが、ユイが求めてきたものは簡単な魔法だった。そんな簡単な試験なら、大抵の白魔導師は受かってしまうのではなかろうか。

そのくらいのことなら俺にだって可能……。

——いや、違うな。

ユイたちはそれ以上の何かを求めているんだ。

「おい、強がるのは止めてくれ。そういうことを言うと、ユイが期待してしまうだろ」

ダッガスが俺のことを力強く睨み付ける。

「あぁ、できないなら素直にそう言うべきだぜ」

「……私もそう思います」

ユイのパーティーの弓使いであるクロスと魔術師であるシリカが口を揃えて言う。

「えーと……」

よく分からないが、早くやれと言うことだろう。

よし。

そう解釈した俺は収納魔法を発動し、身長と同じほどの長さの杖を取り出した。

「えっ⁉　ねぇ、今のって……」

「それじゃ、かけるぞ……」


驚くユイを他所に、俺は四人へ強化魔法をかけた。

かけた強化魔法の数は五つ。俺が同時に複数人にかけられる強化魔法の数は最大で六つだが、それだと魔力の消費量が多くなってしまうので、控えさせてもらった。

どうせ、試験には落ちるんだ。

ここで魔力を無駄に消費する必要はないだろう。

それと、これを機に分かったことがある。

「ふぅ……まだまだだな」

それは俺がまだまだ未熟だということだ。

よくよく考えれば、俺は勇者パーティーに入る前とあまり変わっていない。鍛練を怠っているわけではないが進歩はしていない。

このままでは、どのパーティーに入っても足を引っ張るだけだろう。

もっと鍛練する必要があるな……。

俺がそんなことを考えていると、ユイがこちらへと近づいてきた。

「ねぇ、ロイド……今、杖をどこから取り出したの？　何もないところから急に現れたように見えたんだけど……」

ユイが目を丸くしながら尋ねてくる。

「いや、収納魔法を使っただけなんだが……」

別に驚くほどのものではないだろう。

そんなことよりも、俺は早くこの場から解放されたい。

「それでどうだ？　強化魔法をかけてみたんだが……」

「えっ、もうかけたの⁉　でも詠唱はしてなかったし……確かに身体が軽い気もするけど」

ユイが身体を動かしながら何かを考えている。

おそらく、何の強化魔法がかけられているのかを確認しているのだろう。

「あっ、ちょっと待っててね」

ユイはそう言うと腰にさしてある剣を手に取った。そしてその剣を近くの木に向かって振り下ろす。

するとその木は、スパッという音とともに綺麗に切断された。

「えっ、嘘……」

まぁ、俺の強化魔法ならこんなものだろう。

「これって……」

ユイが剣を見ながら呟く。

「今、ここにいる全員に強化魔法を五つかけた。効果は身体強化、魔法威力上昇、魔法消費量軽減、防御力上昇、そして状態異常耐性の五つだ。一応、分かりやすいように別の種類の強化魔法にしてみた」

同じ強化魔法を重ねがけしても分かりにくいと思ったんだが……。

不味いな。

思っていたような反応すら返ってこない。

おそらく、クルムという人と比べて、低レベルすぎる俺の強化魔法を見て、言葉すら出ないのだろう。

やはり、俺なんかがパーティーに入れるはずがない。ユイには申し訳ないが力になってやることもできなさそうだ。

「というわけだ。ユイ、俺にこのパーティーの白魔導師は務まらない。やはり、実力不足のようだ。期待させたみたいで悪かったな……」

試験の結果は聞くまでもない。

そう思った俺は杖を収納し、街へ帰ろうとする。

「あっ、ちょっと待って！」

ユイが帰ろうとする俺の肩を力強く掴む。

期待を裏切ったことを怒っているのだろう。

「確かに、ユイには悪かったとは思っている。だが、勝手に期待したユイにも非があるんじゃ……」

「ねぇ、ロイド。あなたさえ良ければ、私たちのパーティーに入らない？」


「へぇ？」


唐突にユイが放ったその言葉の意味を、俺は理解することができなかった。

――ん？　今、パーティーに誘われた気がしたが……。

いや……あり得ない。

俺なんかが、Sランク冒険者たちのパーティーに誘われるなんてあるはずがない。

そうだ。

きっと何かの間違いだろう。

疲れてるのかも……。

「と言うか、正式に私たちのパーティーに入ってくれると助かるんだけど……」

前言撤回。

どうやら、俺の聞き間違いではないみたいだ。

だが、何故だ？　さっきの強化魔法で俺がパーティーの一員として認められたとは考えにくい。

白魔導師なら誰でもいいと言うことだろうか。

もしそうならば、俺はユイたちの、そして自分のためにも、このパーティーに入るべきではないだろう。

「ユイ、俺なんかが入っても足を引っ張るだけだ。それにユイがそういう考えだったとしても、他のメンバーは違うかもしれないだろ？」

「いや、足を引っ張るって、ロイドの実力ならそんなことはないと思うけど……それに今のを見たら誰だって納得するわよ」

ユイはそう言うと、ちらりとダッガスたちを見た。

「なぁ、今の強化魔法をもう一度かけてくれないか？」

ダッガスがこちらに近づきながら、再び強化魔法をかけるようにと促す。

「まぁ、別に構わないが……」

断る理由はない。

杖を取り出し、再びダッガスたちに強化魔法をかける。

かけた強化魔法は先程と全く同じものだ。

身体強化、魔法威力上昇、魔力消費量軽減、防御力上昇、状態異常耐性の五つ。

「かけ終わったぞ」

「あぁ、ありがとな。さて、それじゃ……」

ダッガスは少し離れると、巨大な盾を振り回し、軽く身体を動かし始めた。また、その近くではクロスとシリカが試し打ちをしている。

強化魔法の効果を試しているのだろう。

しばらくして、ダッガスたちが戻ってくる。

「ねぇ、どう思う?」

ユイが三人に尋ねる。

「ユイ、俺はそいつをパーティーに入れるのに賛成だ」

「俺も賛成かな」

「私も賛成です」

ダッガスたちが口を揃えて、そう答えた。

皆、俺がパーティーに入ることに賛成らしい。

軽い考えを持っていそうなユイとは違い、ダッガスたちなら反対してくれると思っていたのだが……。

「なぁ、ロイド……だったよな。お前ほどの白魔導師が何故、こんなところにいるんだ？」

ダッガスが首をかしげ、尋ねる。

「いや、実はだな……」

別に隠すことでもないだろうと、そう思った俺は、ここまでの経緯をダッガスたちに話すことにした。

「今日の朝までは勇者パーティーに所属していたのだが……」

「ゆゆゆ、勇者パーティーって、あの世界に四人しかいない勇者が率いるパーティーのことか⁉」

クロスが目を丸くしながら俺の言葉に反応した。

オーバーリアクションな気もするが、勇者パーティーというのは有名で、かつ名誉なもの。

そのパーティーの一員になろうと思っても、そう簡単になれるようなものではない。

俺が入った時は、まだアレンが他の三人の勇者に比べ、そこまで有名ではなかったし、たまたま受験者の中に凄い支援職の人がいなかったため、入ることができた。だが、今のアレンの活躍っぷりからすれば、そういう反応にもなるだろう。


だが、それも過去の話。

もう俺は、勇者パーティーのメンバーではない。

今は無職、住所不定。おまけに無一文の白魔導師。

「今朝、勇者パーティーをクビにされたんだ。理由は、実力不足……」

「おいおい……これで実力不足って、マジかよ……」

「私は、ロイドさんほど優れた白魔導師なんて見たことがないけど……」

俺の話を聞いたクロスとシリカが呟く。

「いや、俺より凄い白魔導師なんてざらにいると思うぞ」

事実、俺の支援魔法は攻撃系の魔法職である師匠にすらかなわない。

あの師匠にだ。

俺より支援魔法を使うのが上手い白魔導師なんて、この大陸にはたくさんいるだろう。

「それにだ。俺なんかがいなくてもクルムって言う白魔導師がいるんじゃないのか？　今回だけならともかく、正式にパーティーに入る必要はないだろ？」

基本、支援職はパーティーに複数いる必要はない。

回復職と支援職ならばあるかもしれないがな。

「支援職はパーティーに一人いれば充分だ」

「うん、まぁね。そうなんだけど……」

ユイの表情が暗くなる。

なんだ？

何か間違ったことを言ってしまったか？

よく見れば、ユイだけでなくその後ろにいるダッガスたちも似たような表情をしていた。

「何か、不味いことを言ったか？　だったらすまな……」

俺の言葉を聞いたユイが首を横に振る。

「ううん。ロイドの言う通り、パーティーに支援職は二人もいらない……だけどね、その……実はね」

その後のユイの話はこうだ。

まず、俺を正式にパーティーの一員としたい理由だが、これは新たに白魔導師をパーティーのメンバーにすることでクルムをパーティーから抜けさせるためらしい。

クルムは毎日、病気の妹の看病をしているらしく、今回の体調不良は過度な疲労が原因そうだ。

昔から疲労で体調不良を起こすことは度々あったらしいが、最近は特に頻繁《ひんぱん》に起こすようになったらしく、ユイたちとしては妹の看病に専念して欲しいとのことらしい。

しかし、クルムは自分がパーティーを抜けたらユイたちに迷惑がかかってしまうと言い、パーティーを抜けようとはしない。

だからユイたちは、クルムが心配することなくパーティーを抜けられるようにと、クルムの代わりになる白魔導師を探していた。そして、ちょうどそんな時に現れたのが俺だったらしい。

「そうか、そんなことが……」

「うん。なんかゴメンね。関係ないのに巻き込んじゃって」

ユイはそう言い、頭を下げた。

どうやら、俺が最も危惧《きぐ》していた白魔導師なら誰でもいいという考えではなさそうだ。

とは言え……。

「困ったな」

俺もできることならユイたちの力になりたい。

それに、俺もいつかは……と言うか金銭的にわりと早いうちに職に就かなければならなかった。いつまでも自分にあった職をダラダラと探し続けるわけにはいかない。

時間は限られている。

こうなったらどんな理由であれど、自分を必要としてくれるところがあるならば、そこへ行くというのもいいかもしれない。

しかし……。

「その、俺なんかでいいならパーティーに入れてもらいたいのだが……」

俺はぼそりと呟く。

不安はある。

むしろ、不安がほとんどだ。

本当に俺なんかで良いのかと。

どうしても、否定的な考えが頭を過《よぎ》る。

「えっ、いいの!?　本当に!?」

そんな俺とは反対にユイの表情がパッと明るくなる。

「まぁ、俺なんかで良ければだが……」

「やったぁ！　まさかロイドみたいな凄い人がパーティーに入ってくれるなんて……」

そう言うとユイは俺の右手を力強く握った。

「ロイド、これからよろしくね！」

「あぁ、こちらこそよろしく頼む」


こうして、俺はユイたちのパーティーに入り依頼へと参加することとなった。

現段階では正式なメンバーではないし、その件に関しては今回の依頼で実際に、一緒に戦ってみてから考えようと思う。


「それじゃ、日も暮れてきたみたいだし、そろそろ帰りましょう。そしてロイドの歓迎会をしないとね」

「いや、歓迎会なんて必要ないだろ……」

俺の言葉を聞いたユイが俺のことを睨む。

「ロイド、そういうこと言わないの！　歓迎会は絶対に必要なんだから！」

「そ、そうなのか？」

「ええ、それに作戦会議もするからね。とにかく歓迎会は絶対に必要なの！　いい？　分かった？」

「は、はい……」

ユイが人の話を聞かないことは、この短時間ではっきりと分かった。「ノー」とは言わせてくれないだろう。ほぼ確実に。

こうして、拒否権などないのだと悟った俺は、断ることを諦め、ユイに連れられるまま目的の場所へと向かうのであった。

第三話　作戦会議

街に帰ってすぐに俺が連れていかれたのは小さな木造の居酒屋だった。

その少し古い感じの建物と、そこから微かに漂う美味しそうな香りが良い雰囲気を醸し出している。

さて、どんな料理があるのかとても楽しみだ……。

なんて呑気なことは言っていられない。

何せ俺は無一文なのだから。

お金を持っていないため、やっぱり断ろうかとも考えたが、ユイに「奢るから！」と言われ、無理やり連れて来られてしまった。

それに依頼の作戦会議もすると言われては断ることもできない。

「はぁ……」

仕方ない……。

この支払いは、後で金が入った時にでも返すとしよう。

居酒屋の中は、カウンター席と、仕切りで区切られた複数人で座れるテーブル席に分かれていた。

俺はユイたちの後ろについて店内を進んでいく。

そしてテーブル席の方に座った。

その後、ユイが飲み物と料理を注文し、数分後それらが俺の前へと置かれた。

注文した品が届くとさっそく、ユイがジョッキを右手で持ち、前へと突き出した。

「さて、それではロイドがパーティーに入ったことを祝して……カンパーイ！」

「か、かんぱーい」

ユイがジョッキに注がれたビールを一気に飲み干す。

「ふぅ……やっぱりビールは美味しいねぇ。あっ、店員さーん。お代わりください！」

一気に飲み干し、空になったジョッキを掲げながら、ユイがビールを追加で注文する。

それに対し、俺はただただビールの注がれたジョッキを眺めていた。

「ロイドはビールが苦手なのか？」

俺がビールを飲んでいないことに気がついたダッガスが尋ねてくる。

「まぁ……苦手と言えば、苦手なのかもな」

何とも曖昧《あいまい》な回答だと、我ながら思う。

別にお酒自体は飲めないことはない。

ただ、お酒に関するちょっとしたトラウマがあるため、普段は飲まないようにしているのだ。

酒を見るとどうしても、酔っ払って顔を真っ赤にする師匠を思い出してしまう。

「苦手なら無理はしなくていいと思いますよ。ほら、私はお酒が飲めないのでジュースを飲んでいますし……」

そう言うシリカの右手には、ジュースの入ったコップが握られていた。

「シリカも苦手なのか？」

「はい、お酒とかビールはダメですね。あっ、ロイドさんにも同じものを頼みましょうか？」

「……いや、大丈夫だ。ちょっとトラウマがあるだけで、別に飲めないわけじゃないしな」

「そうですか……まぁ、無理はしないでくださいね」

無理はしないでと言われてもだ。

奢ってもらっている立場で好き嫌いするのはあまりよくないだろう。

それに俺はお酒の味が嫌いとか、酔いやすいとかそういうわけではない。師匠の顔を思い出さないように、別のことを考えながら飲めばいいだけの話だ。

呼吸を整え、ジョッキを手に取る。

そして中身を一気に飲み干した。

「ふぅ……」

「だ、大丈夫か？」

「……大丈夫だ」

「そうか？　ならいいんだが……やっぱり、次からはジュースにしておくか？」

「あぁ、そうする……」

わざわざ無理してまで飲むことはないだろう。

それに先ほどメニューを確認したところ、お酒よりもジュースの方が安かったはず……。

俺はメニューの書かれた紙を手に取り、目を通していく。

「そうだな、それじゃこのオレンジジュース……」

「ねぇねぇ、ちなみにそのトラウマっていうのは何なの？　ねぇ、教えてよ！」

ユイが顔を真っ赤にしながら興味津々と言わんばかりに尋ねてくる。

かなりビールを飲んでおり、酔っぱらっているように見える。

しかし、意識はハッキリしているらしい。

「おい、ユイ。そういうのは、あんまり聞かない方がいいんじゃないのか？」

「えー、いいじゃん……何でダメなの？」

「……っ、酒くさ。ユイ、お前酒を飲みすぎだぞ……」

ダッガスが完全に酔っぱらってしまったユイを少し面倒くさそうにしながらも注意する。

俺に気を使ってくれている……のだろう。

トラウマというのは、誰だって思い出したくはないものだ。

俺だって思い出したくはない。

しかし、ここまで言われてしまえば、嫌でも思い出してしまう。


あれは確か二年前。

師匠が数少ない友達を集め、パーティーをした時のことだ。

当時十五歳になったばかりだった俺は、年齢的に酒が飲めるようになったということで、師匠に無理やり酒を飲まされた。

吐くまで、いや、吐いても飲まされた。

師匠は酔うのは早いが、かなりの酒豪である。

そして、酔っぱらうとかなり面倒くさい。

だから師匠が酒を飲む時、いつもは隠蔽《いんぺい》魔法で隠れていたのだが……。

あの時の師匠は、よほど俺に酒を飲ませたかったらしい。

本気を出した師匠に俺の隠蔽魔法など通用するはずがなかった。結局、発見されて、夜が明けるまで無理やり飲まされた……なんてことがあったのだ。

思い出すだけでゾッとする。

間違いない。

「……あれは地獄だ」

俺の口からは、自然とそんな言葉がこぼれていた。

その一言で、その場が凍りついたかのように、静寂が流れる。

「あっ、そう言えばロイドには師匠がいるんだよね？　少し気になるかも……」

「ロイドの師匠か……確かに気になるな」

あからさまな話題の転換。

気まずくなってしまった空気を、変えようとしている。

「あの……その人って白魔導師なんですか？」

シリカが俺に尋ねる。

「いや……白魔導師ではないな。どちらかと言えば、攻撃系の魔法職だと思う」

「えっ、それなのにロイドさんよりも支援魔法の腕がいいんですか⁉」

「あぁ、俺よりはるかに凄い」

「へぇ……今度教わってみたい」

「やめておけ……」

シリカが言わんとしていることを理解した瞬間、俺はシリカの言葉を遮り、反射的にそんな言葉を口にしていた。

俺も魔法を使う職業だ。だからこそ、シリカの魔法を学びたいと言う気持ちはよく分かる。

しかし、師匠に教わるのだけはダメだ。

あれだけは絶対に……。

「えっ、どうして……」

「とにかくだ。師匠よりも凄い人なんか、この大陸には大勢いるはずだ。他を当たった方が、絶対にいいと思う」

「そうなんですか？」

「あぁ、あれだけは……師匠に教わるのだけは何がなんでも止めておけ」

「わ、分かりました」

最後は、必死に止めにかかる俺に押され、シリカが折れるような形でその話は終わった。

俺は師匠による新たな被害を防ぐことができ、安堵する。

よかった。これで新たな犠牲者が出ずにすむ。


その後、俺はユイたちと様々な会話をして盛り上がった。

各々の簡単な自己紹介をしたり、パーティーを組んでからのいろいろな出来事を教えてもらったり……。

そして気がつけば、この居酒屋に入ってから二時間以上が経過していた。

「あっ、もうこんな時間か……そろそろ作戦会議をしないとだね。う〜ん、でも私は説明とか苦手だからなぁ……ダッガス、説明してあげて」

「はぁ……もっとしっかりしてくれよ。仮にもリーダーなんだからな。まぁいい、どのみちユイの説明だけじゃ伝わらなかっただろうし」

「なっ、何よその言い方は！　ねぇちょっと聞いてるの⁉」

ユイがダッガスの肩を何度も叩く。

だが、全く相手にされていないらしく、ダッガスはそのまま鞄から一枚の紙を取り出した。

「よし、それじゃ説明するぞ。まず、これが依頼書なんだが……」

「すまない。ちょっと待ってくれないか？」

説明を始めようとするダッガスに、俺は待ったをかける。

「ん？　別に構わないが……」

俺は収納魔法を発動し、ペンとメモ帳を取り出した。

「よし、始めてくれ」

「真面目だな……」

ダッガスが俺を見ながらポツリと呟く。

「えーと……それじゃまず、この依頼書を見て欲しいんだが、今回の依頼は……」

俺はダッガスの話に耳を傾けながら、重要そうな所をメモしていく。

話は意外にも短く、しかししっかりと要点を押さえた分かりやすいものだった。

「……という依頼だが、今ので理解できたか？」

「あぁ、だいたいは把握できた」

俺はそう言うと、重点をまとめたメモ帳を閉じ、収納した。

今回の依頼は依頼主であるマルクスという人の農園を荒らす、ハイウルフたちの討伐らしい。

ハイウルフ……普段は数匹の群れで森を移動し、モンスターを狩りながら生活しているモンスターだ。ハイウルフは群れで行動するため、手強い相手ではあるが、Bランクの冒険者パーティーでも十分に戦える強さのモンスターだ。

しかし、今回出現したハイウルフの数が異常に多いため、難易度がAまで上がってしまったそうだ。

難易度A、つまりはAランク以上の冒険者パーティーであれば受けることができる依頼。

だが、この街にはAランクの冒険者パーティーどころかAランクの冒険者すらいないらしく、結果としてユイたちがこの依頼を受けることにしたらしい。

「ハイウルフの群れか……」

普段は森の中で数匹で暮らしているモンスターだ。多くても二十匹程度。

希に農園に迷い込むという話は聞くが、大勢で現れ、その上農園を荒らすなんて聞いたことがない。

しかも聞いたところによれば、農園は野菜のみを育てているらしく、家畜は育てていないみたいだ。

ハイウルフは肉食のモンスター。

野菜など食べるはずがない。

なら、ハイウルフの群れはいったい、何が目的で畑を荒らしているのだろうか……。

問題はそこだけではない。

「ハイウルフの討伐っていうのは分かったんだけどさ……具体的な数が書かれていないのよね……」

ユイが依頼書を手に取り呟く。

そう、もう一つの問題がこの依頼書だ。依頼書には『異常な数』としか書かれていない。

つまり、正確な敵の数が分からないのだ。

「異常な数と言われてもな……」

「そんなこと書かれても、分かんねぇよ」

「明確には分からないほど数が多いということですかね？」

皆で机の上に置かれた依頼書を覗きこむ。

「まぁ普通に考えて、数が多いならシリカの出番よね……私たちじゃ大勢を一気に倒すことはできないから」

剣や弓では多数のモンスターを一気に倒せない。そのためユイの職業である剣士や、クロスの職業、弓使いは今回の依頼には向いていないと言える。

「そうですね……でも、広範囲に攻撃する魔法となると、かなり限られてきますし、魔力の消費も大きいですから、敵の数によっては難しいかもしれませんね……」

「そうなのよねぇ。やっぱり、シリカ一人じゃきついか……ねぇ、ロイドは広範囲に攻撃できる魔法は使えないの？」

「あぁ……俺か？」

うーん、そうだな。

広範囲に攻撃できる魔法……。

使えないことはないのだが、やはり白魔導師では攻撃系の魔法職ほどの火力は出せない。

強化魔法で威力を底上げしたとしても。

というか、そんなことをするくらいなら、シリカの支援に集中し、強化魔法をかける方がよっぽど効率的だ。

「使えないことはないが……ここは、魔術師であるシリカに任せるべきだと思う」

「まぁ、確かに……ロイドの支援魔法には驚かされたけど、やっぱり白魔導師じゃ火力が出ないもんね」

「あぁ……だから俺は下手に攻撃するよりも、支援魔法でのサポートに回るべきだろうな」

自身の考えを、そのままユイたちへと伝える。

「ロイドの支援魔法か……少し楽しみかも」

シリカが俺を見ながら言う。

しかし、楽しみと言われても……。

その期待に答えられるほどの力が、俺にはあるだろうか？

いや、きっとユイたちの足を引っ張らないようにするので精一杯だろう。

「……あまり期待はしないでくれ」

期待されるとプレッシャーになってしまうし、期待だけさせておいて、その期待を裏切るようなことだけは絶対にしたくない。

「うーん……見た感じさ、もっとロイドは自分に自信を持っていいと思うんだけど……」

ユイがぽつりと呟く。

「まぁ、いろいろあったんだろ……それに俺は実力があるからって威張る奴よりも、ロイドみたいな謙虚な奴の方が好きだしな」

「まぁ、確かにそうね」

クロスの言葉を聞いたユイが頷く。

「おい、ユイもクロスも……その話はそこら辺にして、本題に戻るぞ」

ダッガスが二人に注意する。

「そうね……脱線してしまったわ」

「あぁ、すまねぇ。俺もつい……」

二人が軽く頭を下げる。

「それじゃとりあえず、俺の考えた作戦を簡単に話すぞ。まず、俺とユイでハイウルフたちの注意を引く。そして一ヶ所に集めたところをシリカが叩くってのはどうだ？」

ダッガスが俺たちに問いかける。

それを聞いたクロスが手を上げた。

「なぁ、俺はどうすりゃいいんだ？」

「クロスにはシリカとロイドを守って欲しい。ロイドはパーティー全体に支援魔法と回復を頼む」

「……分かった」

シンプルな作戦だが、俺もこの作戦に異論はない。

それに、

「まぁ、細かいことは現地に行かないと分からないからな。ハイウルフの数や地形など……今回はあまりにも情報が少なすぎる」

ダッガスの言う通り、今回の依頼は情報が少なすぎる。だから現時点で細かいことは決められない。

本来、難しい依頼となれば、下調べをするべきなのだろうが、場所が遠いこともあってかあまり情報が手に入らなかったそうだ。

「後のことは現地に行ってから決めましょう」

「そうだな……」

「それじゃ、とりあえずこれで決まりね」

ユイが嬉しそうに笑みを浮かべながら言う。

そして机の上にあるジョッキを手に取った。

「というわけで……今日は、パーッと飲みまし……」

そこまで言いかけたところで、ダッガスがユイをひょいっとつまみ上げる。

「なっ、何をする⁉」

「明日からは大切な依頼があるんだ。二日酔いにでもなられたら困る。今日は帰るぞ」

「そ、そんな……私はまだ」

何かを言おうとしているユイを持ったまま、ダッガスが席を立つ。そして、会計をするためにレジへと向かった。

「やだー！　私はまだ飲み足りないんだ！」

「はぁ……五月蠅《うるさ》いな。今日は帰るぞ」

「い・や・だぁー！」


ダッガスは騒ぐユイを片手に会計を済ませると、居酒屋を後にした。ユイは駄々をこね、暴れていたが、ダッガスたちにより強制的に宿へと連れていかれることとなった。

現在ユイは、ダッガスに引きずられながら宿へと向かっている。

部屋は違うが、四人で同じ宿に泊まってるそうだ。

後ろから楽しそうに会話するダッガスたちを見ていて、俺は少し羨ましく思った。

俺にもあんな仲間がいれば……。

「あっ、そう言えば」

そんなことを考えていて、俺はあることに気がついた。

危ない、聞き忘れるところだった。

「なぁ、ダッガス。明日の待ち合わせ場所を教えてくれないか？」

「ん？　同じ宿には泊まらないのか……って、そうか。金がなかったんだな」

そうだ。今の俺には金がない。

だから、ダッガスたちと同じ宿に泊まることはできない。

今晩は、収納魔法の中に野営用の道具があるためイシュタルの近くの安全な森で一夜を明かすつもりだ。

別にダッガスたちの魔力を覚えてしまえば、探知魔法で探せないこともないのだが、依頼前から無駄に魔力を使うのは避けたい。

特定の誰かを探すとなると、それなりに魔力を消耗してしまうのだ。

「あぁ、だから……」

「ほら、これ使えよ」

ダッガスが何かの入った袋を投げてきた。

それを受け取り中を見ると、そこには金が入っていた。これで泊まれということだろう。

だが、居酒屋で奢ってもらって、その上宿代まで……さすがにできない。

「俺はこの金を受けとれ……」

「安心しろ。やる……なんて言うつもりはない。その分は報酬からしっかりと引かせてもらう。どうせ、やるって言ってももらってくれないだろ？」

ダッガスはそう言うとニヤリと笑った。

本当に、このパーティーのメンバーは優しい人ばかりだな。

「あぁ、そうだな……この分は働いて返す」

俺はダッガスから受け取った金を収納魔法でしまった。

そしてダッガスたちと同じ宿へ足を進めた。

勇者パーティーの崩壊〜序章〜

ロイドがユイと出会い、森へと連れていかれたその頃。

イシュタルの街外れにある洞窟の奥深く。

そこには、アレン率いる勇者パーティーの姿があった。

ロイドを追放してから数時間後、アレンたちは依頼を受け洞窟へと来ていたのだ。


アレンはロイドのことを嫌っていた。

そんなロイドから金を取り、パーティーから追い出せたことがよほど嬉しかったのかもしれない。

今夜は大金も手に入ったし、依頼をさっさと終わらせて飲みに行こうと、アレンはそう思っていた。

どうせいつも通り、すぐに終わると……。

そう思い、洞窟へとやって来た。

しかし、アレンの思うようにはいかなかった。

「……っ、どうなってんだよ！　何でこいつら、こんなに強くなってんだ⁉」

アレンが、目の前に立ち塞がるゴーレムに斬りかかる。

アレンは未だ、ゴーレムに致命的な一撃を決めることができないでいた。

カンッと言う音と共にアレンの剣は弾かれてしまう。

「し、知らないわよ！　ってか硬すぎ……矢が弾かれちゃうんだけど」

パーティーの弓使いであるルルが離れた位置から矢を放つが、それはゴーレムの身体にほんの少し傷をつけるだけで、刺さることはない。

不味い……。

不安が高まる。

焦りのあまり、手元が狂い始める。

「ん……ゴーレム、こんなに強くなかった。何かおかしい……」

ミイヤがルルの横で得意な火属性の魔法を放つ。

杖から放たれる炎がゴーレムを包み込む。

しかしこれも同じく、ゴーレムに効果があるようには見えない。

炎の中から、少し焦げたゴーレムが現れる。

「不味い……このままでは」

リナがミイヤとルルの前に立ち、その大きな盾でゴーレムの攻撃を弾いていく。

ゴーレムの攻撃は一撃一撃が重く、拳が盾とぶつかる度に、リナに衝撃が走る。

盾が少しずつ壊れていく。

「くそ……どうして」

勇者パーティーは全員が満身創痍《まんしんそうい》、ボロボロな状態で戦っていた。

今までならばあり得ない状況。

本来ならば逃げるべきだろう。


だが、勇者パーティーがゴーレムごときに負けることなどあってはならない。

そんな思いが、アレンたちをその場に踏み留まらせる。

ゴーレムはCランクの冒険者パーティーでも倒せるようなモンスターなのだから、勇者の率いるパーティーが負けるわけにはいかない。

負けるはずがないのだと。

「そうだ！　俺たちが、勇者が、ゴーレムなんかに負けるわけがねぇんだよ！」

アレンが思い切り、剣を振り下ろしながら叫ぶ。

渾身の一撃。

それにより、今までよりも深くゴーレムに剣が刺さった。

「よし！」

攻撃は通じる。

その事実に安堵した。

その時だ。

ゴーレムの背後から赤く目を光らせた灰色の何かが出現した。

ハイウルフより小柄な灰色の狼。

ウルフだ。

「なっ、ウルフだと⁉」

ゴーレムの後ろに隠れていたのだろう。

それに気がついたアレンはとっさに飛び退き、防御の構えを取る。

今は何故ウルフがここにいるのかを気にしている場合ではない。

それに、ウルフはそこまで強くはない。

アレンたち、勇者パーティーにとっては別に脅威ではないと。

そう思っていた……。

しかし、ここで予想外のことが起こる。

ウルフがアレンの横を通りすぎていったのだ。

「……っ、しまった！」

ウルフはアレンの後ろ、ボロボロになりながらも盾で攻撃を弾いているリナのもとへとゴーレムの間を走っていく。

ゴーレムの股下を華麗にすり抜け、そのまま、ウルフはリナの喉元へと噛みつこうとする。

「リ、リナ！」

いくらウルフがそこまで強くないとは言え、無防備な状態で急所に噛みつかれれば死ぬ可能性がある。

「リナ、そこから逃げろ！」

アレンが必死の思いで叫ぶ。

それを聞き、初めてウルフの存在に気がついたリナは、咄嗟に守りの体勢を取ろうとする。

そのため、一瞬動作が遅れてしまう。

「……っ」

盾はゴーレムの攻撃を防ぐのに使用しているため使えない。

だが、防がなければ死ぬ。

即死だけはなんとしても避けなければならない。

最悪、大きな怪我をしても生きている限り、シーナに治してもらうことができる。

そう考えたリナは左腕でウルフの牙を受け止めた。

噛みつかれる場所さえ気を付ければ……。

手首を流れる太い血管などの致命的な箇所さえ避ければいいと。

ウルフの攻撃の軌道から予測し、それらを避けるように。

しかし、ここでもう一つ予想外の事態が起こった。

そこまで強くないはずのウルフが、リナの左手を噛みちぎったのだ。

「うわぁぁぁ！」

手首から先を失ったリナの左腕から大量の血が吹き出る。

ウルフはそれで満足したのか、そのまま洞窟の奥へと走り去っていった。

「くそ！　邪魔だ、どけ！」

アレンがゴーレムの攻撃を避けながら、リナのもとへと向かう。

「リナ、しっかりしろ！」

そしてリナを持ち上げると、そのままシーナのもとへと走った。

「シーナ頼む！」

「わ、分かりました」

シーナが急いで回復魔法をかける。

シーナの使う回復魔法は、一般的な回復魔法であるヒールの何倍もの効果を持つ。

その絶大な効果は、失った部位すらも回復、いや、再生させることができる。

……はずだった。

「ど、どうして⁉」

シーナが驚き、声を漏らす。

確かにシーナの回復魔法で、リナの左手の出血は止まった。

これで一命はとりとめた。

しかし、失った左手首の先が再生することはなかった。

「な、なんで……」

それを見たアレンたちがゴクリと唾を飲む。

今までなら、シーナの回復魔法を使えばどんな大怪我を負っても回復することができた。

だからこそ、多少の無茶もできたのだ。

今だってそうだ。

こうして戦えているのは、シーナの魔法があるという、安心感があったからでもある。

だが、大怪我を負ったらシーナの回復魔法では治らないとなった以上、無茶ができなくなる。

一度、身体の部位を失えば、戻ってくることはない。

そうなれば戦力も大きく低下してしまう。

ならば……。

「アレン……撤退しましょう」

「くっ……そうだな。仕方ねぇ……撤退するぞ！　リナ、立てるな？」

「あぁ、シーナのお陰で何とか……」

リナが動けることを確認したアレンたちは、持っていた荷物を全て投げ捨て洞窟の出口へと走った。

脱兎のごとき敗走。

その走り去る姿は紛れもなく敗者だった。

「くそ、なんでこうなるんだよ……」

アレンが走りながら、ポツリ呟く。

普段のゴーレムとは違い、いつもより強かったのは事実だ。
だが、敗因はそれだけではない。
身体がいつものように動かなかったり……。
他のメンバーもいつもと比べ、動きが遅かったり、威力が下がっていたり……。
シーナの回復魔法の効果も明らかに弱まっていた。
理由は分からない。
しかし、いつもと違った。
それだけは確かだ。
そのせいでリナは左手を失い、アレンたちは依頼にも失敗した。
リナに関してはもう、勇者パーティーの壁職としてはやっていけないだろう。

「くそ……どうして」

数日後、アレンたち勇者パーティーが依頼に失敗し、ボロボロで逃げ帰ってきたことは街中に伝わった。
そして、そのことは次第に王国全土にまで広まっていった。

第四話　初めての依頼

翌朝。

準備を整え、俺は宿の前でユイたちと合流した。

「皆おはよー」

ユイが眠そうにあくびをする。

マルクスという人の農園までは、歩いて数日はかかるらしく、野営のポイントを考えると朝早くに出発しなければならないそうだ。

昨日は夜遅かったこともあり、まだ眠いのだろう。俺は慣れているため特に眠くはないが、ダッガスたちもユイと同様に眠そうな顔をしていた。

「それじゃこれ、お願いね」

ユイが荷物の入った大きなリュックを俺へと渡す。

それを俺が収納魔法でしまう。

数日分の物資が入っているため、なかなかの重さと大きさではあるが、収納魔法を使えば関係ない。

他のメンバーの荷物も収納魔法を使い、次々としまっていく。

「本当に便利な魔法よね。ロイドを追放した勇者たちは何を考えているのかしら」

俺が収納魔法で荷物を収納していく姿を眺めながらユイが呟く。

「別に珍しいものじゃないんだが……」

収納魔法はコツさえ掴めば職業がなんだろうと関係なしに、誰だって習得することができる魔法だ。少し練習すればユイたちにだってすぐに覚えられるだろう。

「時間があれば、今度教えようか？」

「えっ、私たちにもできるの⁉」

「あぁ……特にクロスは、収納魔法が使えるとかなり便利だと思う。まぁ、容量を増やすのには時間がかかるかもしれないが……習得するだけなら、一時間あればできるんじゃないか？」

「確かに……それがありゃ、矢を大量に持ち運べるし、ひょっとすると……」

クロスが興味深そうに、俺が収納魔法を使う姿を眺めている。この魔法は俺の知る魔法の中でもかなり便利な魔法だ。

効果はもちろん、取り出す以外の魔力の消費がないのだ。

覚えておいて損はないはず……。

依頼後も一緒に行動できるようならば、教えておきたい魔法だ。

全員分の荷物を収納し終えた俺は、ユイたちとマルクスの農園へ向かった。

◇

数時間後。

俺たちは予定より少し早く、野営のポイントに到着していた。

日は傾き始めているが、辺りが暗くなるまではまだ時間がある。

「ロイド、荷物を……」

「あぁ……分かった」

収納魔法を発動し、渡されていた野営に必要なものを取り出していく。

「テントと食材、調理器具に……あとはまぁ、こんなもんか……」

取り出した道具を眺めながら、取り出し忘れがないか確認する。

「いやー、本当にロイドがいて助かったよ。これだけの量となると結構重くなるからね」

「そうだな……荷物がない分、動きやすかったしな」

確かに、これだけの量となるとかなり重くなってしまうだろう。

なんせ、数日分の道具を持ってきたのだから。

「周りに使ってる人はいなかったのか？」

「はい。収納魔法……聞いたことはあったけど、実際に使っている人を見たのは初めてで……」

……別にそこまで難しい魔法ではないと思うのだが。

「習うにしても、使っている人がいないので誰にも聞けなくて……」

なるほど。

使う人がいないから誰にも教われないし、使い方が分からないというわけか……。

それに見たことすらないとなると、習得はほぼ不可能だろう。

「今朝も言ったが、時間があるなら教えようか？」

「はい、是非お願いします」

シリカが嬉しそうに、そう答える。

「おい、ロイド、シリカ……話すのもいいが先に準備を済ませるぞ。話はそれからだ」

ダッガスに注意され、そこからは黙々と準備を進めた。

そして数十分後……。


「よし、完成！」

日が完全に落ち、辺りが暗くなる前にテントを完成させることができた。

「あとは枝とか、燃えるものだが……」

「あっ、ダッガス！　ちょっと相談があるんだけど……」

「なんだ？」

「さっきそこで川を見かけたんだけど、水浴びしてきちゃダメかな？　シリカと一緒に」

「わ、私も!?」

「もちろん！」


「まぁ、別にいいが……となるとロイド一人でここを任せるのは危険だな」

白魔導師は支援職で、戦闘系の職業ではない。

戦えないことはないのだが、向いていないのは確かだ。

「んじゃさ、俺がここに残るわ」

「そうだな……じゃ、見張り頼むぞ。だが無理はするなよ。モンスターと遭遇したら連絡するように」

ダッガスはそう言うと、俺の方に目を向けた。あれを取り出せという意味だろう。

俺は収納魔法で照明弾を取り出し、それをクロスへと渡す。

「これを打ち上げればいいわけね」

「あぁ……絶対に一人では戦うなよ」

「りょーかい……」

その後ユイとシリカは川へ、俺とダッガスは燃えそうなもの集めへと向かった。

◇

燃えそうなもの……まぁ、ここらには枝くらいしかないが……。

とにかく燃えるものを集めるため、森の中を進んでいた。

「これも燃えそうだな……」

太めの枝を拾っては収納を繰り返す。

指定された量を集めるために。

いや、実を言えば、ダッガスに言われた量はすでに集まっていた。

今集めているのは明日以降、もしくは何かがあった時に使うための枝だ。

火を嫌うモンスターも多いため、夜中ずっと燃やし続けておく必要があるし、何が起こるかは分からない。

収納魔法にも限りはあるのだが、まだまだ余裕はあるため、多めに拾っておいても問題はないだろう。

そう判断し、俺は時間が許される限り燃えそうな枝を拾い続けた。

枝を拾い、収納し、森の中を歩いて行く。

そして歩くこと十数分。

俺は少し高くなっている崖のような場所に来ていた。

理由は、見覚えのある木の実があったからだ。

その木はそこそこ高く、落ちたら怪我はするかもしれないが、下は川だし大丈夫だろう。

近くで確認するため木に上り、実をもぎ取る。

「やっぱり、師匠の家の近くにあった実だな」

見た目や匂いも同じ……。

食べても問題なさそうだ。

試しに少しだけ噛ってみる。

「うん……」

この果実は甘く、栄養価も高い。

「いくつか取って、持ち帰るか……」

そう思い、俺は木の実を回収しようと上へと手を伸ばした。

その時だ。

俺の乗っていた枝がメキメキと音をたて始めた。

そしてボキッと折れる。

「しまった……」

急いで飛び降り、着地しようとするが足を滑らせ崖から落ちてしまう。

――やらかした……。

俺はそのまま落下し、川の中へと勢いよく落ちた。

物凄い音をたて、水飛沫《しぶき》が散る。

「ぷはぁ……」

水面から顔を出し息をする。

「くそ……服がびしょびしょだ……後で乾かさないとな」

一緒に落ちてきた木の実を回収し、陸を目指して泳ぐ。

そして陸へとたどり着き、水面から出た瞬間……。

「ろろろ、ロイド……何を……してるの？」

聞き覚えのある声を聞き、そちらに目を向けると顔を真っ赤にしながらこちらを睨み付けるユイの姿があった。

服は……着ていない。

大切な部分だけ、手で隠している。

その後ろには、同じような反応をしているシリカの姿もあった。

これは、不味い状況だな。

「……その、すまない。崖から落ち……」

「この……変態！」

頬に物凄い衝撃が走る。

そして俺は意識を失った……。

◇

「ん……」

意識が少しずつ覚醒していく。

いつのまにか寝てしまったのだろうか？

頬が痛い……。

重たい体を起こし、辺りを見渡す。

「あっ、やっと起きた……」

「ユイ……」

それに後ろにはシリカの姿もある。

何故か二人とも怒った様子で、こちらを見ている。

「なぁ……俺は……」

「さてさて覗き魔さん、なんであんなところにいたの？　言い訳があるなら聞くけど……ある？」

言い訳？　いったい何の……。

あっ、そう言えば……。

「俺は……崖から落ちたのか」

ユイの言葉を聞き、俺は木の実を取ろうとして落ちたことを思い出した。

それと同時に、何故ユイたちが怒っているのかを理解した。

「その、すまない……。知ってる木の実があったから取ろうとして……そのまま落ちたんだ」

「うーん……」

あまり信じてもらえてなさそうだな。

さて、どうするか……。

「ロイドがそういう人には見えないけど……その木の実って持ってるの？」

「あ、あぁ……」

少しでも証明になればと思い、収納魔法から木の実を取り出し、ユイたちの前に置く。

「これって……食べれるの？」

見たことのない木の実だったのだろう。

木の実を手に取り、何かを確認している。

そう言えば俺もイシュタルでは見たことがないな……。

「食べられるはずだ。実際に噛ってみたが、俺の知るものとほぼ同じだった」

「ふーん」

ユイはそう言うと警戒しながらも木の実を噛った。

「甘い……」

よほどお腹が減っていたのだろうか。

そのままユイは木の実を完食してしまった。

「確かに木の実を取ってたのは本当みたいね……分かったわ。今回はロイドの言うことを信じるけど、次はないからね」

「わ、分かった……」

一応、信じてもらえたということでいいのだろうか？

その後、何とかシリカにも許してもらい、この件についてはなかったことにしてもらうことができた。

◇

ユイたちと共に拠点へと戻ると、すでにダッガスたちが準備を進めていた。

まだ、火はつけられていないみたいだ。

「おっ、ロイド。遅かったんじゃないか？　それにユイたちと一緒に……」

「ごめんごめん。帰りにロイドと会ってさ、話しながら歩いてたら遅くなっちゃった」

なんとも自然な嘘だな。

もっとも原因が俺にあるため、ユイは全く悪くないのだが……。

また借りを作ってしまった。

「まぁ、それならいいんだ。厄介なモンスターとでも遭遇したのかと思ってな……それで、燃えそうなものは集まったか？」

「あぁ……」

収納魔法で、ダッガスに指定された量より少し多目に取り出す。

「こんなもんで十分か？」

「大丈夫だ。シリカ、そこに火をつけてくれ」

「うん、分かった」

シリカが太めの枝が集めてある場所に魔法で火をつける。

「よし……あとは今晩の見張りはどうするかだが……」

事前に行われた説明でダッガスは、見張りは二人でやると言っていた。

これには明確な理由があり、このパーティーが決めたルールのようなものだそうだ。

確かに一人では奇襲を受けた際に対応しにくい。

それに片方が戦闘している時に、もう片方が他の人たちを起こしにいくこともできる。

そういうわけで二人で見張りをすることになっているらしい。

見張りか……。

「あっ、ねぇねぇ……ロイドさ、良ければ今晩一緒に見張りをしない？」

俺が迷っていると、ユイからそんなふうに誘われた。

「あぁ……俺で良ければ」

断る理由もないため、ユイの誘いを承諾する。

むしろ、断ってはいけないような気がした。

俺の予想でしかないが、おそらくユイは俺のことを許してはいない。きっと、皆が寝ている間に何もしないかを見張るのが目的なんだ。

そう思った時点で、俺の中から断るという選択肢は消えていた。

「よ、よろしくお願いします……」

「じゃ、これで決まりね」

「そうだな。それじゃロイド、ユイ。今日は頼んだぞ」

こうして今晩の見張りは俺とユイで行うこととなった。

◇

辺りがすっかり暗くなり、シンと静まり返った頃。

ユイとロイドは共に、仲間の眠るテントの近くで見張りをしていた。

モンスターが近くにいないか、目を凝らし、周囲を警戒する。

「うーん、モンスターいないね……」

「あぁ……そうみたいだな」

冷静に周囲を警戒しながらも、どこか余裕を感じさせるロイド。

それを見たユイは、ロイドがこういう状況に慣れていることを感じ取った。

気になるとすれば、ロイドは一歩も動いていないのに、どうして周囲の状況を把握しているのかということだが。

彼の真面目な性格からして、見張りをサボっているとは考えにくい。

「ユイ……どうかしたのか？」

ユイの視線に気がついたロイドは尋ねた。

「ううん。何でもない」

「そうか？　それならいいんだが……その、見張りの件で……」

「あー、夜の見張りを一緒にしてくれてありがとね」

「あ、あぁ……」

ユイはもともと、ロイドが言い出す前から、一緒に見張りをしないか誘おうと思っていた。

どうすれば自然に誘えるかと、そう考えていた。

そんな時、ロイドが自ら見張りを買って出ようとしていた。

その素振りを見てユイはチャンスだと思った。

どうしても、ロイドには伝えておきたいことがあったからだ。

どうしても言わなければならないことがある……。

「あのさ……依頼、無理に誘っちゃってごめんね」

「まぁ、俺も仕事がなくて困ってたからな……」

そうだった。勇者パーティーを追放されてすぐで、気持ち的にも大変だっただろうに……とユイは思った。

傷心のロイドを自分の身勝手に巻き込んでしまったと、ユイは少し後悔していた。

そんな、しょんぼりとした雰囲気を漂わせるユイを横目で見るロイド。

「それにしても、ユイは何故この依頼にこだわるんだ？」

ロイドは気になっていたことを思いきって尋ねてみた。

「ははは……そう見えるかな？」

「あぁ……ダッガスからある程度、ユイの性格は聞いているが……それにしても必死すぎると思ってな」

ユイの焦りは、どうやらロイドにはバレていたみたいだ。

「ゴメンね……あんまりにも、私の故郷の状況に似ててさ……」


数年前。

幼かったユイの村を襲ったモンスターの群れ。

それにより村人は、ユイを残して全員が殺された。

友達も、両親も……。

ユイだけが、途中でやってきた冒険者パーティーに助けられたのだ。

だが意識が朦朧《もうろう》としていて、冒険者たちの顔は覚えていなかった……。

「そうか……」

ロイドはそう言ったきり、深くは追求しなかった。

やっぱり、優しいな……とユイは思った。

誘った時も、ロイドはきっぱりとは断らなかった。俺には関係ないと言われればそれまでだったのに。

それでもロイドはついてきてくれた。

「今回は農園だけど、モンスターの群れって聞くと放っておけなくて……それに、食べ物がなくなったら、イシュタルはともかく他の小さな街や村が困っちゃうから」

マルクスの農園は広く、作られた野菜はイシュタル以外でも売られていた。

大きな街ならば他の農家のものも仕入れているからなんとかなるが、小さな村なんかではそうはいかない。

マルクスの農園から野菜がなくなると、困る村がいくつもあるのだ。

「あっ、そう言えば、さっき何を言おうとしてたの？」

ユイは、ロイドが何かを言おうとしていたことを思い出した。

「いや、俺はてっきりまだ覗き魔だと疑われていて、俺を見張るためにユイも見張りをすると言い出したんだと思ってな……」

なるほど、それで見張りの話に乗ったのか……ユイは納得した。

どうやら、ロイドは覗きのことをひどく気にしていたようだ。

「それならもう大丈夫だよ。あれは事故だったんでしょ？」

「まぁ、そうだが……」

「もう気にしてないし、大丈夫だから。ロイドのことは信用してるし、今日はそれを伝えたかったから、一緒に見張りをしただけ。あんたを見張るためなんかじゃないわ」

言いたかったことを伝えたユイは、見張りに集中するためにとロイドと距離をとろうとした。

その時だ。

ロイドが急に杖を構え、森の奥を見つめた。

ロイドに伝えたいことを伝え油断していたユイは、少し遅れて剣を構えた。

するとその数秒後、闇の中から巨大な蜘蛛《くも》のようなモンスターが数匹現れた。

「あれは、パウラークか……」

二メートルほどの巨体をもつ蜘蛛。

六つの真っ黒で大きな目と不気味に動く八本の長い足。

虫が嫌いならば発狂するレベルの気持ち悪さだ。

「っ……厄介なモンスターだな。二人じゃキツいな」

パウラークを見たロイドが呟く。

「ロイドはダッガスたちを起こしてくれないかな？　その間、私が時間を稼ぐから！」

戦闘職である私が前線に立ち時間を稼ぐべきだろう、とユイは考えた。

ロイドもその意見には賛成なようで、ユイの方を見て小さく頷いた。

「あぁ、まかせ……!?」

しかし、パウラークはここで予想外の行動を取った。

ユイとロイドを無視して真横を通過していったのだ。

彼らには興味すらないと言わんばかりに。

そのままパウラークは、森の深い闇の中に消えていった。

逃げたのだろうか？　いや、まさか、そんなはずはない。

そう思ったユイは、パウラークの消えた方向を向き、剣を構え直す。

もしかすると、パウラークが怯えるほどの強いモンスターがいるのかもしれないと思ったからだ。

しかし、そんなユイとは逆にロイドは何故か構えていた杖を下ろした。

「ユイ、もう大丈夫だ」

「えっ、でも、あの蜘蛛たちがまた……」

「いや……少なくとも、周辺にはもういない」

「ロイドは、あいつらの動きが分かるの？」

「いや、今は分からない……だが、この近くにいないのは分かる」

自信を持ち、はっきりとそう答える。

ロイドがそこまで言うのならば、おそらくパウラークはもうここにはいないのだろう。

隣に立つロイドが構えを解いているのを見て、ユイもすっと剣を下ろした。

(うーん、もしかしてロイドはかなり目がいいのかな?)

心の中で、ユイはそう思った。

(まぁ、ロイドがもういないって言うなら大丈夫だよね)

パウラークの行動は不可解ではあったが、特に気にすることでもないだろう……ユイはそう判断した。

それよりも今は他のモンスターに警戒すべきだと考えたユイは、ロイドと協力し翌朝までテント周辺の見張りを続けた。

しかしその間、ロイドだけは何か腑に落ちないと言いたげな顔で、ずっと何かを考え込んでいた。

◇

俺たちがイシュタルを出発して数日が経った。

周囲を警戒しながら、森の中を進んで行く。

「……この森、なんかおかしいわね」

辺りを見渡しながらユイがポツリと呟く。

「あぁ、確かにそうだな……」

おかしい。

俺たちが森に入ってから数日は経過していると言うのに、モンスターの姿が全く見えない。

ここに来るまでも、モンスターとは一度も遭遇しなかった。

確かに冒険者ギルドに勧められた比較的安全なルートを通ってきた。

だが、そうは言ってもここは森の中。

数日歩いているのにもかかわらず、モンスターが一切出てこないというのはおかしい。

最初は幸運に思えたが、ここまで来ると逆に不安になってくる。

森そのものが不気味に思えてきてしまう。

「ねぇ、ロイド。あなたが何かしているの？」

ユイが疑いの目を向けながら俺に尋ねる。

「いや、別に何もしていないが……」

「本当に？」

「あぁ……本当だ」

時々、近くを探知魔法で確認しているが、それはモンスターが出てこないこととは関係ないはずだ。

探知魔法は周囲の生物や魔力を探知するだけの魔法。

モンスターを寄せ付けないなどという効果は備わっていない。

「そ、そうなんだ……それじゃ、この状況はいったい……」

再度、探知魔法を発動してみる。

だがやはり、モンスターがいる気配はない。

もう少し範囲を広げてみるか……。

そう思った俺は、探知魔法の範囲を五キロから十キロへと広げてみた。

するとちょうど十キロ離れた辺りにモンスターの気配があるのが分かった。

「これは……」

「ロイド、どうかしたの？」

「……この先で、大量のモンスターが一ヶ所に集まっているぞ」

それも十匹や二十匹じゃない。

もっと多くの数のモンスターが群れをなしている。

「えっ……私たちには見えないんだけど」

ユイが先にいるモンスターを見ようと頑張って背伸びをしている。

だが、そんなので見えるはずがない。

肉眼で確認できるような距離ではないのだから。

「ロイド……本当にこの先にモンスターがいるの？」

「あぁ……探知魔法で探ったら、ここから十キロ先のところに大量のモンスターの気配が確認できた」

「えっ……」

　ユイがポカンと口を開ける。

「この方角にこの距離……ちょうど俺たちが目指している辺りじゃ……」

「ちょ、ちょっと待って！　えっ、嘘でしょ⁉」

　ユイがいきなり大声で叫ぶ。

　理由は分からないがユイにそう言われたため、俺は足を止めた。

「どうかしたのか？」

「いや、どうかしたのかじゃなくて……今、十キロ先って言ったよね？」

「あぁ、言ったな」

　俺は確かにそう言ったし、それは事実だ。

　さすがにこれ以上は魔力の消費が激しくなるので今はやらないが、魔力の消費を気にしなくてもいいのなら、もっと拡大することだって可能だ。

「もしかして……ロイドはその距離を探知できるって言うの？」

　ユイが恐る恐る尋ねてくる。

　また、その横にいるダッガスたちも真剣な表情で俺のことを見つめていた。

「そうだが……何か不味いことを言ったか？」

　ユイの問いの意味が理解できず、俺は首をかしげた。

何故、ユイたちはここまで真剣な表情で見つめてくるのか……思い返すが、心当たりはない。

これといって変わったこともしていないはずだ。

「なぁ、ユイ……俺は何か」

そこまで言いかけた所で、驚いた表情のユイを無視し、ダッガスが前に出てきた。

「それで、正確な方向は分かるか？」

「あぁ、それなら……」

「ねぇ、ちょっと待って！　ロイドもロイドだけどさ、何でダッガスも驚いてないの!?」

「いや、十分に驚いているさ……。だが、それどころじゃないだろ。依頼の成功の方が先だ」

俺には何が何だか分からないが、ユイとダッガスが話し合っている。

驚く？

いったい何を……。

「それでロイド、方向は分かるんだよな。案内してくれ」

「あ、あぁ……」


俺は探知魔法で多数のモンスターの気配を感じた場所へとユイたちを案内した。

そしてその光景を見た一同は言葉を失った。

「何なの……これは」

マルクスのものだと思われる農園を見ながらユイが呟く。

今、俺たちがいる場所は農園からそこそこ離れている。

そのため、ハイウルフに見つかることはないだろう。

それでも、それだけ離れていても異様なことが分かった。

「確かに、これは異常だな……」

数百メートル先に見える農園には、異常と言える数のハイウルフがいた。

その数は、千は下らないだろう。

これなら依頼書に『異常な数』と書かれているのも頷ける。本来なら緑に染まるはずの農園は、ハイウルフの群れにより、灰色に染まっていた。

異様だ。

「おかしい……」

「そうね。こんな数のモンスターが……」

「いや、そこじゃない」

「「えっ？」」

気にするべきはそこではない。

この反応から察するにユイたちは、このモンスターの数に驚いていたのだろう。

確かにそこも驚くところの一つではある。

だが、最も驚くべきところはそこではない。

この光景の一番の驚きであり、また謎でもあるのが、これが他のモンスターではなく、ハイウルフの群れだということだ。

「俺の探知魔法の範囲内で、モンスターの気配があったのはここだけだった……」

「そ、それがどうかしたの？」

「だって、おかしいだろ……他のモンスターはどこへ行ったと言うんだ？」

それを聞いたユイたちも気がついたらしい。

「た、確かに……」

ハイウルフは特別強いモンスターではない。この森には、ハイウルフが束になっても勝てないモンスターはたくさんいるはずだ。

それこそ、この間現れたパウラークの方が格上だ。

束になっても数匹倒すのが精一杯。

だから、ハイウルフがこの森のモンスターを殲滅《せんめつ》したとは考えられない。そもそもハイウルフはこんな大規模な群れは作らないし、戦闘が行われたとすれば、多少はその痕が残るはずだ。

しかし、俺たちの通ってきた場所にそのようなものは一切なかった。

つまり、他のモンスターは争うことなく消えた、ということだ。

ハイウルフの行動……。

他のモンスターの消失……。

今この森で、異常な何かが起こっているのは間違いない。

「ユイ、この農園の持ち主はどこにいるんだ？」

「えっ、マルクスさんのこと？　確かこのせいで怪我をしたとかで、息子の家にいるらしいけど……」

「っ……そうか」

この事態が起こる前に、何らか前兆のようなものがあったかもしれない。

それが分かれば、何かが見えてくるはずだ……俺はそう思った。

だから持ち主に、話だけでも聞いてみたかったのだが、いないと言うなら仕方ない。

自分で見つけるしかなさそうだ。

何か、ヒントになるようなものがないか農園の周囲を見渡す。

「おい、あれは何だ⁉」

クロスが遠くを指差しながら言う。

何かを見つけたらしい。それを聞いたユイたちがクロスが指差す方を凝視する。

「うーん、あれって……何が？」

「ほら、あれだよあれ！　あの黒い不気味な石だよ！」

クロスの指差す場所を、ユイたちが凝視しているが何も見えないらしい。

俺もクロスが指差す場所を見ているが何も見えなかった。

とは言え、クロスが嘘をついているようには思えない。

クロスには何かがはっきりと見えているらしいし、見間違いということもなさそうだ。

単純に視力の問題だろうか。

ここから農園までは少し離れているが、肉眼で見るのも不可能ではない距離だ。クロスが常人に比べ視力が高いのなら、俺たちには見えないものが見えているのも頷ける。

「試してみるか……」

俺は収納魔法から杖を取り出し、自身にオリジナルの強化魔法をかけた。

今、この瞬間に身体強化をベースに作った、視力を上げるためだけの強化魔法だ。

視力が上昇したのを確認した後、再びクロスの指差す場所を見た。

そして黒い石を見つける。

あれがクロスの言う不気味な石だろう。よく見ると黒いモヤモヤしたのが、石から出ている。

大きさは一メートルほどといったところか。

「確かにあれは変だな……」

自然の物とは思えない石だ。

「えっ⁉　ロイドにも見えるの？」

「あぁ、強化魔法を使ったからな」

「それって私たちにもかけられる？」

「あぁ、もちろんだ」

ユイたちに自分にかけたものと同じ強化魔法をかける。

これでユイたちにもあの黒い石が見えるはずだ。

「うーん、確かにクロスの言う通り、変な石ね……特にあのモヤモヤしたのが気になるわ。あれはいったい……」

「おそらく、魔力だろうな」

探知魔法。先ほどは生物の気配といったが、もっと正確に言うならばそれらから放たれる魔力を感知し、それにより位置を探知する魔法だ。

ハイウルフに紛れていて気がつかなかったが、あの黒い石からは魔力が放たれていた。

この感じは、人間の魔力ではない。おそらく獣人の魔力だろう。どうやらあの黒い石には獣人の魔力が込められているらしい。

獣人が魔力を込めた石を農園に置いていったのだろうか。

だが、だとしたら何のために……。

そんなことを考えていると、ふと、師匠が言っていたあることを思い出した。

「もしかして……」

「ロイド、どうかしたの？」

ユイが首をかしげる。

「あの石から獣人の魔力が感じられてな」

「獣人の魔力？　でもなんで……」

以前に師匠から、獣人の中にはモンスターを使役する珍しい魔法を扱える者がいると聞いたことがある。

本当かどうかは分からない。

だが、あの石からは獣人の魔力が感じられた。
悪い予感が脳裏をよぎる。
もしあの黒い石が魔法を付与するものなのならば……。
モンスターを使役する魔法が本当に存在するのならば……。
この状況は、誰かが意図的に起こしているということになる。
誰かが魔法を使い、ハイウルフをここに集めているのだろうか？
だとすれば、何のためにそんなことをしているのか？
答えを導き出そうと思考を巡らせる。
その時だ。
あらかじめ発動しておいた探知魔法にモンスターの気配が引っ掛かる。
しかも一匹や二匹ではない。
ハイウルフ以上の数のモンスターが群れをなし、こちらに近づいてきている。
どうなっているんだ？
先ほどまではモンスターの気配など全くなかったはず。
これではまるで……。
「不味いな……」
理由は分からない。
だが、分かることが一つだけあった。

ハイウルフの群れ……。

そして急に現れたモンスター。

「マジか……」

考えられる理由は一つ。

どうやら俺たちは、何者かによって嵌《は》められたらしい。


「どうかしたのか？」

俺の言葉を聞いていたダッガスが尋ねる。

ダッガスたちはモンスターの群れに気がついていない。

こちらに向かってくるモンスターの群れとの距離は十キロほどある。

探知魔法やその類いのものを使わない限り、気がつくことはできない距離だ。

「……どうやら俺たちは嵌《は》められたらしい」

俺は思ったことをそのまま、ユイたちに伝えた。

「嵌められた!?　俺たちがか？」

「あぁ……俺たちが来た方向から、モンスターの群れが近づいてきている」

「おいおい……マジかよ。ってか、何で……」

前にはハイウルフの群れ、そして後ろには別のモンスターの群れが迫ってきている。

「くそ……次は何の群れだよ……ってか、どこに潜んでやがったんだ？」

「すまない。それは俺にも分からないが……」

さすがに距離が離れすぎているため、モンスターの種類までは特定することはできない。

だが、モンスターの進行速度や動きなどの微妙な違いから、一種類だけではないことが分かる。少なくとも十数種類はいるな……。

誰かが意図的に行っているのは明確だ。

違う種類のモンスターの群れをこちらに向かわせているということは、俺たちを嵌めた奴はもう、隠すつもりがないのだろう。

だが何故……。

「ユイ、恨みを買うようなことは？」

「な、ないわよ！」

だろうな。

多少の恨みならともかく、殺されるほどの恨みを買うとは思えない。

「一応、聞いてみただけだ」

「もう……それで、群れの情報は？」

「後ろから来てるのは、いろんな種類のモンスターが混じった群れだ。数は、数千は軽く越えるな」

「えっ……嘘でしょ」

ユイの顔が真っ青になる。

俺の推測が正しければ、その何者かは俺たちを消すために……。

いや、もしくはイシュタルから遠ざけるためか？

とにかく、何らかの理由があってここにハイウルフを集めたのだろう。

そして被害者が依頼を出すように仕向け、Sランク冒険者をここへと誘き寄せた。それもあえて難易度がSにならないように調節した上でのことだろう。

難易度をAにすることで油断させることも狙いだったかもしれない。

俺もSランクの依頼だと言われれば、もう少し準備をしていただろう。

イシュタルに行けば、あの街の冒険者の情報なんて簡単に手に入る。難易度Aの依頼をユイたち以外の冒険者が受けられないことなんてちょっと調べればすぐに分かることだ。

だが、いったい何のためにこんなことをしているのかが分からない。

「とりあえず撤退した方がいいんじゃない？　ロイドの探知魔法があれば上手く避けることだってできるだろうし……」

「いや、ダメだ」

「えっ、どうして……」

ユイの逃げるとう提案だが、これは一度俺も考えてみた。急いでイシュタルに戻り、このことを報告すべきだろうし、それが可能ならそうするのがベストだろう。

だがその場合、もし相手側に俺たちを探知する魔法を使える奴がいたのならば……。

いや、このタイミングでモンスターを動かしたということはおそらくはそれに似た魔法を使える者がいるはずだ。

そうなるとモンスターの群れを連れて帰ってしまう可能性が出てくる。

街の近くでの戦闘ともなれば、一般の街の人に危害の及ぶことだってありうる。

「探知魔法を使っても、上手く逃げ切れるか分からないからな。逆に相手に探知された場合、モンスターが追いかけてきて、街にまで被害が出るかもしれない」

「確かにそうね……」

モンスターの群れを街へと連れて帰ること。

それだけは何としても避けなければならない。

となれば、やることは一つ。

「ユイ、戦うぞ」

「ええ、そうね。仕方ないわ。戦いましょ……って、ぇぇぇぇ!?　戦うの!?」

「あぁ、それ以外にここを切り抜ける手段はないだろ」

「うーん、まぁそうだけどさ……でも、倒すったってさすがにこの数は……」

やはりSランク冒険者とは言え、この数を相手取るのはキツいだろう。

特に攻撃系の魔法職が一人しかいないユイたちのパーティーからすれば、この二つの群れとまともに戦って全員を倒すことなど不可能だ。

勝ち目などないに等しい。

だがそれは、モンスターの群れを全て相手取ろうとした時の話だ。

この場合、二つの群れを一気に相手取る必要などないのだ。

「クロス、あの石を狙えるか？」

「えっ、あの黒い石か？」

「そうだ」

俺の言葉を聞いたクロスが考える素振りを見せる。

「……たぶん、狙えないことはないんだが……一応当てられるとは思うぞ」

「そうか……当てることはできるんだな？」

「あぁ、それなら可能だ。だが、壊せるかどうかは微妙だな……」

確かに、いくら弓使いの腕がよくても普通の矢であの石を破壊することは無理だろう。

それが勇者パーティーのルルだとしても。

遠ければ威力が下がるのは当たり前のこと。

ならば、それを俺が支援職としてサポートすればいいだけのことだ。

「クロス、ちょっと弓と矢を貸してくれないか？」

「えっ、まぁいいけど……」

クロスから弓と矢を一本受け取る。

それに俺は強化魔法をかけていく。

生物にかけるのとは、少し違う強化魔法だ。

「よし、できた」

強化魔法をかけ終えた弓と矢をクロスに返す。

これなら、ある程度威力が落ちてもあの黒い石を破壊することができるはずだ。

「クロス、あの石を狙ってくれ」

「あ、あぁ……分かった」

クロスがゆっくりと弓を引き、矢を放つ。

放たれた矢は風の抵抗を受けながらも、物凄い速度で黒い石へと飛んでいく。

そして矢が黒い石に当たった瞬間、その黒い石は砕け散った。

「よっしゃ！」

クロスがガッツポーズをする。

この距離を一発で当てるとは……。

さすがはSランク冒険者だ。

もしかするとルルと同じかそれ以上の実力があるのではないだろうか。

「なぁ、ロイド。俺の弓と矢に何をしたんだ？　なんかいつもより、凄かったんだけど……」

クロスが弓を見ながら尋ねる。

「弓と矢、そしてクロスに強化魔法をかけただけだが……」

「マジかよ……武器と人を同時に強化できるのか」

「それくらいは当たり前だ。俺は白魔導師として当然のことをしたまでだ。別に大したことはしてないさ」

「いや、そんなことはないと思うけど……」

俺の返事にクロスは不満そうな表情でそう返した。

「ねぇ、クロス！　あれ見て！」

ユイが農園の方を指差す。

そこでは、ハイウルフが互いに噛みつきあったり、引っ掻いたりしていた。

予想通りの展開だ。

黒い石が破壊されたことにより、付与されていた魔法が消えたのだろう。

もともと少数でしか群れをなさないハイウルフを、何かしらの魔法で無理やりコントロールしていたのだ。

もし、ハイウルフたちを縛るその魔法が消えたらどうなるのか。

当然、戦い始める。

これでハイウルフの数はかなり減るだろう。

「ロイドはこれが分かってて……」

「まぁな……全滅はないだろうが、かなり数が減るはずだし、この様子ならばこっちに気が向くこともないだろう。これで集中してもう一つの群れと戦える」

「凄い……そこまで考えてたなんて」

ここまでは予想通りだ。

だが、次はそうはいかないかもしれない。

今回は同じ種類のモンスターで、なおかつ同種でも争うモンスターだった。

それに魔法が付与されていると思われる黒い石も置き去りにされていて、それをクロスがたまたま発見した。

だからその石を壊すだけで何とかすることができたのだ。

しかし、背後から迫る群れはそのどれにも当てはまらない。

誰かが直接コントロールしている可能性だって考えられる。

「さて……どうしたものか」

探知魔法を発動し続けているため、モンスターの群れが徐々にこちらへと近づいてきているのが分かる。

また、モンスターの群れが近づくにつれ、魔力が強く感じられるようになり、そのモンスターの種類も分かるようになってきた。

群れにはスライムやゴブリンと言った弱いモンスターもいれば、コカトリスのような少し厄介なモンスターもいる。

「随分と不思議な組み合わせだな……」

本来ならあり得ないような組み合わせを前に、自然とそんな言葉が出る。

「ねぇ、どうするの？」

ユイが不安そうな表情で見つめてくる。

幸いにも群れの中に特別強いモンスターがいる様子はない。

いや、強いモンスターは使役できなかったと考えるべきだろうか。

群れにいるモンスターはどれも、Ｓランク冒険者なら難なく倒せるようなモンスターばかりだ。

だが、これだけの数となるとそう簡単にはいかない。

「そうだな……何とかして倒したいが、さすがにこの数は難しいな」

「ええ、いったいどうすれば」

「一応考えはあるんだが……」

だいたいの作戦は立ててある。

この作戦でキーとなるのは攻撃系の魔法職であるシリカだ。

シリカの使える魔法の属性によって、作戦の内容が変わってくる。

「なぁ、シリカはどの属性の魔法が使えるんだ？」

「……基本の四属性は使えます」

「そうか。基本の四属性か……」

基本の四属性とは、火、水、土、風のことだ。他にも魔法の属性には、氷や雷と言ったものもあるが、今回は必要ないため使えなくても問題はない。

「クロス、残りの矢は？」

「そうだな……ロイドに預けている分も考えると、あと百本くらいはあるはずだ。今回はロイドの収納魔法のお陰でいつもより多く持ってくることができたからな」

よし……それだけあれば、俺の考えた作戦を実行することができる。

「ユイ、ダッガス、シリカ、クロス……俺に考えがあるんだが、聞いてくれないか？」

俺がそう言うと、ユイたちはコクリと頷いた。

◇

あれから数十分後。

俺たちが来た方向から大量のモンスターが迫ってくるのが見えた。

探知魔法ではあまり気にならなかったが、あの数に迫られるというのは、かなりの恐怖を感じる……。

木々の隙間をびっしりとモンスターが埋め尽くしている。

また、地上ほどではないものの、空にもかなりの数のモンスターが飛んでいた。

「す、凄い数ね……いったい何匹いるのかしら」

少し高くなっている場所から、モンスターの群れを眺めていたユイが呟く。

物凄い勢いでモンスターの群れがこちらへと迫って来ている。

恐怖が俺たちを焦らせる。

だが、まだだ。

もう、少し……。

「ねぇ、ロイド！　まだなの⁉」

「もう少し……」

モンスターの群れがこちらにどんどん近づいてくる。

そろそろか……。

「シリカ、今だ！」

「は、はい」

俺の合図と共に、シリカが杖を構える。

「ファイヤーストーム！」

シリカが呪文を叫びながら、杖をモンスターの群れへと向けた。

すると森の中に、巨大な炎のドームが現れる。

炎のドームはモンスターと木々を飲み込んでいく。

「凄い……」

ユイが炎のドームを見ながら呟く。

「ねぇ、ロイド。シリカに何をしたの？　何かいつもより、何倍も凄いことになってるんだけど……」

「俺はただ、シリカに魔法威力上昇と魔力消費量軽減の二つの強化魔法をかけただけだ」

「いやいや、だけって……」

ユイが呆れた表情でこちらを見てくる。

やはり、俺の支援魔法はまだまだだということだろうか。

だが、ここで大量の魔力を消費するわけにはいかない。

「シリカ、まだいけるな？」

「はい。あと五発は打てます……」

シリカがファイヤーストームを使用できるのは残り五回。

後のことを考えると残り三発と言ったところだろう。

「あと三発打ったら、風魔法で火を強めてくれ。魔法は風さえ起こせればいい」

「わ、分かりました」

俺はシリカへそう言うと、次のステップへと移るためにクロスのもとへと向かった。

ユイやシリカのいる場所よりも高い場所で待機しているクロスのもとへと到着した後、収納魔法でしまっていた残りの矢を全て取り出す。


そして一本ずつ、強化魔法をかけていった。

本当ならば、一気に強化魔法をかけたいところだが、少しでも魔力の消費量を減らすために、一本ずつ強化魔法をかけていく。

そのため、時間がかかってしまうが……。

問題ない。

これも想定の内だ。

「そろそろか……」

持ってきた矢、全てに強化魔法をかけ終えた俺は、森の方へと視線を向けた。

もう、ファイヤーストームは打ち終わったらしく、風を起こし火を強める作業へと入っていた。

広範囲にわたって、森が煙を上げながら燃えている。

これで空を飛ぶモンスターの視界はかなり悪くなるだろう。

「クロス、いくぞ」

「おう、頼む」

クロスの頭に右手を近づけ、思考共有を発動し、探知魔法で得たモンスターの位置情報をそのまま伝える。

これで姿が見えなくえも、煙の中にいるモンスターの位置をとらえることができるはずだ。

「どうだ、見えるか？」

「あぁ、問題ねぇ！」

クロスが一匹ずつモンスターを矢で撃ち抜いていく。

よし、ここまでは完璧だ。

あの量のモンスターを一匹ずつ操るのは不可能だ。おそらく、あの群れのモンスターたちは簡単な命令のようなもので動いているのだろう。

「そろそろ頃合いか……」

もう、地上にいるモンスターの多くは倒せたはずだ。まだ、生き残りもいるようだが、少数ならば別に構わない。

俺は風魔法で炎を強めているシリカのもとへと向かった。

「シリカ、もう風魔法は十分だ。次の段階に移るぞ」

「はい。ですが、もう魔力がほとんど」

疲れきった様子で言うシリカ。

魔力が枯渇しているのが分かる。

「あぁ……分かっている。だから、今から俺の魔力を渡す。使ってくれ」

俺は魔力譲渡で残りの魔力の九割をシリカへと渡した。

「っ……」

突如、俺は浮遊感に襲われ尻餅をついた。

魔力の過度な消費によるものだろう。

ここまで魔力を消費したのは久しぶりだ。

さすがに辛い。

こんなことになるなら、マナポーションを買っておくべきだった。

Aランクの依頼だと思って油断していた。

「だ、大丈夫ですか？」

「あぁ、大丈夫だ。それよりも、早くやってくれ」

「はい……」

シリカはそう言うと再び、森の方へと杖を構え、大きく深呼吸をした。

そしてゆっくりと口を開く。

「ジュビア！」

シリカがそう言うと、空中に雲が現れた。

雲からは大量の雨が降り注ぎ、森の火を次々と鎮火していく。

これで山火事は防げたはずだ。

「も、もうダメです……」

シリカの身体がふらつき、地面へと倒れそうになる。

それをダッガスが両手で受け止めた。

「よくやった。あとは任せてくれ」

「シリカは休んでてね。残りの奴等をちゃちゃっと片付けてくるから！」

「……あまり無茶しないでくださいね……」

「いや、シリカ。今のあんたに言われてもね……」

ユイとの会話が終わったのを確認し、ダッガスは静かにシリカを地面へと寝かせた。

「それにしても……本当に凄いわね。こんな作戦を思い付くなんて」

ユイがこちらを見ながら呟く。

「たいしたことはしていない。俺はただ、パーティーの支援職として当然のことをしたまでだ」

指示を出すのも、後方で周りを見ながら魔法を使う支援職の仕事のひとつと言えるはずだ。

「はぁ……あんた、まだそれを言い続けるのね……」

それを聞いたユイが大きなため息をつく。

「まぁいいわ。ロイドも私たちに任せて、ゆっくりと休んでなさい」

「あぁ、そうさせてもらう」

だが、その前に……。

残りの魔力でユイとダッガスに強化魔法をかける。

探知魔法で確認してみるが、ここらにはもう数十匹のモンスターしかいない。

生き残りのほとんどがある程度強いモンスターだが、ユイとダッガスならば問題ないだろう。

「はぁ……この程度で疲れるなんて、俺はまだまだだな」

その後、俺はユイたちがモンスターと戦うのを高台で座りながら見守った。

◆

同時刻。

イシュタルの町外れにある木造の小屋。

その地下に広がる大きな部屋で、フードを被った七人の者たちが机を囲み、話し合いをしていた。

「計画は順調に進んでいるみたいだな」

その中の一人が嬉しそうに笑みを浮かべる。

「あぁ、Sランク冒険者とは言えども、あの数に対抗できまい」

「数千のモンスターなど、あの街の勇者であっても倒すのは無理だろう」

「それにしても……あの街の勇者は、パーティーも含め、皆がかなりの手練れと聞いていたのだが……」

「まさか、少し強化しただけのゴーレムにも敵わんとは……他の勇者に比べ、弱すぎはしないか？」

「確かに。盾使いの女なんて、ちょっとウルフを直接操っただけで手首から先を失っていたしな」

「ははは、あれは滑稽《こっけい》だった」

「聖女のどんな傷でも癒すという噂、あれも全くの嘘じゃないか。あの雑魚《ざこ》勇者にパーティーメンバー……我々の計画は間違いなく成功するだろう」

「あぁ……これも全てボスと、この女のお陰だ」

そう言うとフードを被った者たちは、部屋の隅に視線を向けた。

そこには、鎖に繋がれた一人の女がいた。

体は酷く痩せ細っていて、着ている服はボロボロ、身体のあちこちにアザや傷がある。

「それにしても便利な魔法だ……この獣人には今後も我々の力になってもらおうじゃないか」

「うむ。死ぬまでコキ使ってやらないとな」

「その通りだ。これさえあれば、モンスターを自由自在に操れる」

フードの男は先端に黒い石がつけられた杖を見ながら、不気味な笑みを浮かべた。

農園に置いてあった石より小さいが、その石からは黒い靄《もや》が出ており不気味に光っている。

「……まぁ、私語はその辺にして。お前ら、ボスに言われたことは覚えているな？　これも全てあの方の復活には欠かせないことだ。失敗は許されん。この計画は絶対に成功させる……全てはボスのため、そして魔王様のために！」

真剣な表情で男がそう言うと、その場にいる全員が一斉に立ち上がった。

そして誓う。


「「魔王様のために！」」

◆

「ふぅ……終わったわ」

モンスターを討伐し終えたユイたちが戻ってくる。

見たところ、大きな怪我をしている様子はない。

ほとんど無傷である。

さすがはSランク冒険者だ。

探知魔法を発動し確認するが、範囲内にモンスターの気配はない。

誰一人欠けることなくモンスターの群れを倒せたことに安堵し、俺はホッとため息をついた。


だが、安心するのはまだ早い。

俺は重い腰をゆっくりと上げ、横で座り込むシリカへと視線を向けた。

「シリカ、大丈夫か？」

「はい……だいぶ休んだので」

シリカがゆっくりと身体を起こす。

シリカの顔色が先ほどに比べ、良くなっている。

魔力が回復したからだろう。

これならもう、動いても大丈夫そうだな。

「さて……」

腰を上げた俺は自然と、イシュタルのある方向へと視線を向けていた。

どうも嫌な予感がする。

「ユイ、急いで街に戻るぞ」

「別にいいけど……ロイドは、もう少し休憩しなくていいの？」

ユイが心配そうな目で俺を見つめる。

俺の身体を気遣ってくれているのだろう。

正直に言えば、休憩はしたい。

だが、そういうわけにもいかなさそうだ。

俺の推測が正しければ……。

「おそらく、これを引き起こした奴の狙いはイシュタルだろうな」

「えっ⁉」

それを聞いたユイたちの表情が驚愕へと変わる。

当然の反応だ。

いきなりイシュタルが狙われているなんて言われても、信じがたいだろう。

だが、この考えが一番しっくりときたのだ。

俺は、自身の推測をユイたちへと話すことにした。

「そもそも、依頼そのものが罠だったんだ。Sランク冒険者を依頼に向かわせて、違和感なくイシュタルから遠ざけ、始末するためのな……」

確証はない。

だが、あのモンスターの群れだけが、操られているモンスターの全てだとは思えなかった。

森にいたモンスター全てを操っているのだとすれば、あれでは数が少なすぎる。

どこかに絶対、他のモンスターたちがいるはずなのだ。

「そ、そんな……でも、何のためにそんなことを」

「それが……分からないんだ」

イシュタル。

栄えた街ではあるが、似たような街ならば王国にもいくつかある。

騎士も何人か駐在しているし、警備だって甘くはない。

それに大陸に四人しかいない勇者だっているのだ。

王国の経済にダメージを与えたいのならば、もっと手薄な街を狙うはず……。

「なら、いったい何故……」

俺たちを襲った奴の狙いが分からない。

「なぁ……ロイド。あの街には騎士だけじゃなく、勇者までいるんだぜ？　そう簡単に落ちるような街じゃないだろ？」

クロスの言う通りだ。

イシュタルは、そう簡単に落とせるような街ではない。

「確かにそうだが……」

あの街にはアレンたちがいる。

いくら大量のモンスターが襲って来たとしても、そう簡単には負けないだろう。

だが、そんなアレンたちとて完璧ではない。

ミスをすることだってある。

負けることだってあるかもしれない。

「念のため、急いで戻ろう」

「ぇえ、そうね……」

俺たちは出発の準備を整え、イシュタルへと向かい走った。

◇

「やっぱり、ロイドの強化魔法は凄いな……」

「ぇえ……いつもの数倍の速さで走れているだけでも驚きなのに、息切れすらしないなんて」

ユイがチラリとこちらを見る。

「そう言われてもな……」

別に特別なことをしている覚えはない。

ただ、強化魔法による身体強化を改良し、無駄な部分の強化を省くことで、走りやすさに特化した強化をしているだけで、魔法改良なんて別に難しいことではないだろう。

「ねぇ……ロイド。私さ、知り合いに強化魔法を使い続けるのって、かなりの魔力を消費するって聞いたんだけど……」

「私もそう聞きました。なのにロイドさんは、何で平気なんですか？」

ユイとシリカが心配そうな顔で尋ねる。

確かに、ユイやシリカの言うことは間違っていない。

慣れない人や駆け出しの白魔導師ならば、強化魔法を使い続けるのは辛いだろう。

だが、強化魔法はコツを掴めば魔力の消費量を抑えることもできるし、改良も可能になる。

それにもしコツを掴めなかったとしても、強化魔法を使いまくれば、そのうち慣れてくるものだ。

たまたまユイやシリカの知り合いが、まだ慣れていなかっただけで、数年もすれば何とも思わなくなるだろう。

俺はかつて師匠から、最低限の武器と食料だけを持たされて、一週間ほど森に放置されるという仕打ちを何度も受けた。

当然、白魔導師が一人でモンスターを倒すのは困難を極めるし、強いモンスターの場合は、倒すなんてまず不可能だ。

逃げるので精一杯。

とは言え、ただ逃げるだけじゃ追い付かれてしまう。

だから俺は、様々な強化魔法を駆使して生き残るしかなかった。

強化魔法を何度も使い、改良を試みたり……時には新たな強化魔法を作ってみたり……。

とまぁ、そんなことをしているうちに、自然と強化魔法の長時間の持続と、改良ができるようになったのだ。

今、思えばあれは……。

「いい訓練、いや……地獄だったな……」

うん。

やっぱり地獄には変わりない。

あれだけは美化できる思い出ではなかった。

あの頃のことは、今でも鮮明に思い出すことができる。

「ねぇ、ロイド……いったいどんな訓練をしたの？」

どんな訓練か……。

そう言われても、あれは地獄だった……としか言いようがない。

でも、きっとあれが当たり前なのだろう。

師匠にはいつも「白魔導師がこれくらいできなくてどうする！」と怒られていたし……。

きっとあれは、白魔導師ならば一度は誰もが通る道なのだ。

「たぶん、よくある一般的な訓練だと思うが……」

その言葉を聞いたユイとシリカが顔を見合わせる。

「ロイド……たぶん、あなたのしてきた訓練は普通じゃないわよ」

「……そうですね」

ユイとシリカが口を揃えて言う。

なるほど……。

ユイやシリカは、その程度の訓練ごとき、普通ですらない。それ以下だと言いたいのだろう。

さすがはSランク冒険者。

次元が違う。

だが、このパーティーに入れてもらう以上、俺もついていけるほどの実力がなくてはならない。

「そうだな。確かに俺の訓練はまだまだだった」

「シリカ……たぶんコイツ、また変な意味で解釈したわよ。絶対、言いたいことが伝わっていないわ……」

「ええ、そうみたいですね」

ユイとシリカが呆れた顔で、こちらを見てくる。

「そうか。呆れられるほど俺は……」

「ロイド……もう、その話はいいだろ。そんなことより、この速度だとどのくらいでイシュタルに着くんだ？」

ダッガスが俺の言葉を遮るように言う。

確かにそうだ。

今はそんな話をしている場合ではない。

俺は通ってきた時の記憶を頼りに、ここからイシュタルまでの距離を推測し、今の移動速度でざっとどれくらいの時間がかかるのかを割り出した。

正確な数は出せないが、おおよそはこのくらいだろう。

「たぶん……少なくとも一日はかかるだろうな」

「一日か……まぁ、それでもかなり短縮できた方だろうな……」

事実、ここに来るまでダッガスたちは数日かかったのだ。

一日で帰れれば上出来だと。

俺はそう思っていたのだが……。

ダッガスの表情には焦りが見える。

ダッガスはもっと早く帰れると思ってたのだろう。

だが、俺にはこれ以上、ダッガスたちの移動速度を上げることはできない。

「すまない……俺にはこれが限界なんだ」

「えっ、いや、別に俺はなにも……」

やはり、俺の強化魔法はまだまだだ。

ダッガスの言葉からしても、クルムという人の強化魔法は俺とは比べ物にもならないほど、凄いものなのだろう。

もっと鍛練をしなければ……。

「おい、ロイド……別に俺はお前を実力不足なんて思ってないからな！」

「あぁ、もっと鍛練をしなければだな……」

「おい、俺の話を……」

◇

あれからちょうど二十四時間後。

俺たちは睡眠をとらずに森の中を走り続けていた。

まだ、探知魔法の範囲外ではあるがイシュタルにはだいぶ近づいたはずだ。

あと数時間で到着するだろう。

「ユイ、ダッガス、クロス、シリカ、そろそろ街に着くはずだ。すぐ戦えるように武器を返しておく」

収納魔法から武器を取り出し、四人に渡した。

その時だ。

探知魔法の端に、何かが引っ掛かる。

「これはいったい……」

まあまあ距離が離れているため、何がいるのかまでは分からない。

だが、そこには生物らしき気配がいくつか感じ取れた。

数は多くない。

もしかすると、操られていないモンスターが残っていただけかもしれない。

それならば、気にする必要はないのだが……。


――何故だろう。

とても嫌な予感がする。


特に、あの中の一つから不思議な何かを感じてならない。

どこかで感じたことがあるような気配……。

本当はここで足を止めている場合ではないのだろうが、いま見逃せば後悔する気がする。

俺の直感がそう告げていた。

「確認してみるか……」

俺は一人でそこへ向かおうと、ピタリと足を止めた。

また、それに気がついたユイたちも足を止める。

「ロイド、どうかしたの？」

「すまない……皆は先に向かっていてくれ」

「えっ、どうして……」

「今、探知魔法に何かが引っ掛かったんだが……嫌な予感がしてな。確認したらすぐに戻る」

この魔力にこの感じ。

もしかして……。

「なら、私も行くわ！」

「いや、俺一人で……」

「だって、何があるか分からないし……ロイド一人じゃ戦えないでしょ？」

俺を真剣な目で見つめるユイ。

確かにユイの言う通り、俺一人では戦うことができない。

それにもし、俺の予想が正しかった場合、戦闘になる可能性は十分にある。

迷惑をかけるが、ここはユイについてきてもらった方がいいだろう。

「あぁ……すまない。ついてきてくれないか？」

「ええ、もちろん」

「ダッガス、悪いがユイを借りていく。なるべく早く戻る。だから、先に向かって……」

「いや……俺たちもついていく。何かあった時に、お前とユイだけじゃ心配だからな」

ダッガスはそう言うと、シリカとクロスのいる方を振り返った。

「あぁ、俺もダッガスと同じだ。ロイドについていくぜ」

「はい……私もついていきます！」

クロスとシリカもついてきてくれるらしい。

これでSランク冒険者四人。

とても心強い……。

「分かった。それじゃ、ついてきてくれ。今からその場所まで案内する」

そう言うと俺は、その何かのいる場所へと全速力で走った。


近づくにつれ、徐々にその何かの正体が明らかになっていく。

気配の数は八つ。

だが、どれもモンスターのものではなく、また、人間のものでもなかった。

「これは魔族と獣人か？」

魔族が七人に獣人が一人。

異様な組み合わせ……と言うか、そもそもあり得ない組み合わせだ。

獣人がいることは別に問題ではない。

イシュタルでも、希に見ることがあった。

珍しいが驚くほどではない。

だが、魔族だけは別だ。


魔族が住んでいる国……〝魔導国〟と呼ばれる国が存在するのだが、現在、俺らの住むイシュタルも含めた大国、フューレン王国とは敵対関係にある。

一年ほど前……勇者パーティーに入った時に知ったのだが、魔導国はフューレン王国、フォレス帝国、そして聖教国という三つの大国と敵対しているらしい。

何でも昔、最悪の魔王と呼ばれる存在が魔導国を支配していた時代に、領土と大陸支配を狙い、この三大国と、それぞれ派手に戦争をしたことがあったそうだ。

その魔導国と言えば、現在は魔王が不在らしく、魔族の活動は活発ではないものの、今なお、この三大国への入国は厳しく禁止されていた。


少なくとも俺の聞いた話ではそうだった。

騎士が言うには、領土にすら踏みいることができないほど、厳重な警備体制にあるそうだがはずだ……。

……。

「……侵入されてるじゃないか」

その王国の警備とやらは破られたと考えるべきだろう。

となれば、他にも魔族が入り込んでいる可能性が高い。

早急に対応しなければ、大量の魔族が流れ込んできてしまう。

「後で騎士にも伝えておかないとな……」

だが、それよりもまず先にこの事態を収める必要がある。

魔族がいる以上、今回の件と魔族が無関係とは考えにくい。

おそらく故意の出来事である……関係している可能性は非常に高い。

それにその魔族の近くの獣人からは、あの黒い石が発していた魔力と全く同じ魔力を感じた。

もしかするとこのモンスターの消失や群れの件の、解決の糸口になるかもしれない。

「皆……この先に魔族がいる」

「了解、魔族ね……って、えぇ⁉　ま、魔族⁉　魔族ってあの⁉」

「あぁ……そうだ。数は七人……全員かたまっているな」

「ちょ、ロイド……ちょっと待て……」

ダッガスにそう言われ、俺は足を止めた。

「魔族って、王国には入れないはずの奴等だろ？　何でそんな奴等がここに……」

「それは分からない。だが、その近くから黒い石と同じ魔力が感じられた。あの群れと無関係……ではないだろうな」

「おいおい……マジかよ」

「クロス、悪いがマジだ……」

できれば皆、魔族が侵入していることなど信じたくはないのだろう。

それを聞いたクロスの顔が若干、青くなる。

「ねぇ……ロイド。そこに行く必要ってある？」

ユイも恐る恐る尋ねてくる。

できれば行きたくはないのだろう。

だが、

「そうだな。俺の予想じゃ、あいつらはまだ何かを企んでいる。もしそれが……狙いがイシュタルだとするならば、行く必要は十分にあるだろうな」

モンスターの消失……。

また、モンスターを操る謎の魔法……。

そしてわざわざイシュタルの近くにいることから、これで終わりだとは思えなかった。

おそらく魔族はまだ、何かを企んでいて、そのためにここに残っていると考えるのが、もっともしっくりくるのだ。

そうだという証拠や確証はないが……。

「どうする？　判断はユイたちに任せるが……」

「いや、行きましょう！」

俺の問いに、そうはっきりと答えたのはユイだった。

「ユイ……」

そんなユイの姿を心配そうに見つめるシリカ。

「だってさ、イシュタルを狙っているかもしれないんだよ。まぁ……そうじゃないかもしれないけど……。でも、魔族を放っては置けない。私たちで何とかしましょう！」

ユイが他のメンバーに訴えかける。

その言葉を聞き、悩むダッガスたち。

「まぁ……そうだな。ロイドが言うには今回の事件の解決の糸口にも、なるかもしれないんだろ？」

ダッガスが仕方ないと言わんばかりの顔で、そう答える。

また、悩んだ末にシリカとクロスも賛成という結論になった。

俺はもとより、皆に合わせるつもりだったのでこれで全員賛成だ。

その後、俺たち五人は身体強化を戦闘用へと変え、魔族のいる場所へと足を進めた。

◇

歩くこと数分後……。

木造の小屋が見えてきた。

その小屋はかなりボロボロで、とても誰かが住んでいるとは思えないような状態だった。

一見、今にも崩れそうなボロ小屋……。

だが、小屋は見た目に反し意外と丈夫なようで、目立たないようにだが、崩れないように補強がされていた。

おそらく魔族の仕業だろう。

「あの中、いや……この下か」

俺はポツリと呟き、足を止めた。

どうやら、今俺たちのいる地面の下に、魔族と獣人がいるらしい。

地下空間か……。どうやらあの小屋が入り口になっているようだ。

これも魔族が作ったのだろう。

「ねぇ、どうするの？」

「そうだな……」

魔族も獣人もまだ、殺すわけにはいかない。

特に獣人の方はダメだ。

魔族も誰か一人は生かしておく必要がある。

「相手はまだ気がついてないみたいだが……」

「奇襲でもかけるか？」

ダッガスの言う通り、ここは相手が気がついていないうちに倒すのがベストだろう。

しかし、敵の実力は未知数……。

戦闘スタイルも、その能力も不明。

それに、モンスターを操る魔法が人間にも効く可能性も捨てきれない。

洗脳系の魔法だったり、精神を支配する魔法ならば、人間にも効果がある。

下手に戦闘に持ち込みたくない。

「魔族は下か……」

ダッガスが真下を見ながら呟く。

「そうだな……どうやって侵入するか……」

「そうですね。バレないように侵入して、その上で奇襲だなんて……」

ん？

待てよ、どうせ下にいるのなら……。

「派手にいってみるのもありか……」

俺の呟いた言葉に、ユイたちは首をかしげた。

勇者パーティーの崩壊～亀裂～

「くそ！　どいつもこいつも……役立たずばかりじゃねぇか！」

アレンが不機嫌そうな表情で、力強く机を叩く。

現在、アレンは勇者専用に設けられた建物の一室におり、目の前にある机の上には数十枚の紙が置かれていた。

その紙には、勇者パーティーのメンバーに志願する者たちの詳細が記されている。

内容は、名前、年齢、性別、職業、そして使える魔法などだ。

アレンは依頼の失敗の後、失ったメンバーの穴を埋めるために、新たなメンバーを募集していた。

その採用条件は、依頼の後で抜けたリナの代わりになる者と、ロイドよりもはるかに高い技術をもつ支援職というものだった。

アレンは国王にも、志願する優秀な人材がいれば教えて欲しいと頼んでおり、その知らせが来るのを楽しみにしていた。

しかし、

「なんなんだよ！　リナほどの盾使いがいないのはともかく、あのゴミロイドよりも使えない支援職ばかりなんて……いったいどうなってんだよ！」

思ったような人材がいないことに苛立つアレン。

自分は大陸に四人しかいない勇者の一人だ。

だから募集の声をかければ、優秀な人材が簡単に集まるだろうと。

募集する前のアレンはそう思っていた。

だが、現実は違った。

優秀な人材どころか、志願してくる者たちのほとんどは役立たず……。

いや、きっと中にはそれなりの人だっていたはずだ。

しかし、アレンが望むような人材は、志願者の中に誰一人としていなかった。

もともとアレンの望んでいる人材のレベルが高いというのもあるだろう。

だが、思ったような志願者が現れなかった理由は他のところにある……。

それはやはり、数日前の依頼の失敗が原因だ。

あの後、勇者パーティーが依頼を失敗し、仲間が大怪我を負ったことは、すぐに町中に広まった。

そしてそれは旅人や商人を伝って、他の街にも広まり、王都にまで届いてしまっていたのだ。

そのため、有能な人材ほどアレンの勇者パーティーに志願することはなかった。

優秀な者ほど、アレンには見切りをつけたのだろう。

「あの……どうしますか？　あまりいい人材がいないみたいですけど……」

シーナがアレンの顔色を窺《うかが》いながら尋ねる。


また、ミイヤとルルもびくびくとした様子で椅子に座っていた。

気不味い雰囲気が部屋の中に漂っている。

「……っち、仕方ねぇ。とりあえず、リナの代わりになりそうなのは何人かいる。まぁ……リナには劣るが、これは仕方ねぇだろう。だが、問題はあのゴミの代わりだ。最低でも収納魔法くらいは使えないとメンバーには入れられねぇ……」

アレンは志願者のリストを確認する。

しかし、志願者の中にそんな者はいなかった。

強化魔法も同時にかけるのは二つが限界……。

「どうする？　とりあえず、なしでいく？」

ミイヤの問いに迷うアレン。

そう言いながら、アレンは一枚の紙を手に取った。

盾使いの志願者のリストだ。

「こんなかじゃ、こいつが一番マシ……」

アレンが不満そうな顔をしながら、一枚の紙を眺めた……。

その時だ。

建物の扉が強く、ドンドンと叩かれる。

何事かと首をかしげるアレン。

「ミイヤ、見てこい」

「ん……了解」

アレンにそう言われ、ミイヤが部屋を出た。


そして数秒後……。

数名の騎士たちが部屋の中へと入ってきた。

皆、かなり慌てているようで息が切れている。

「騎士団か……いったい、何の用なんだ？」

「探知魔法を使い、森の調査をしていた騎士から連絡がありました……現在、モンスターの大群がこの街に向かって進攻しているそうです！　数は、およそ一万ほどとの……」

「はぁ⁉　一万だと⁉」

驚いたアレンが大声を上げ、立ち上がる。

シーナたちもかなり驚いているのが、その表情から窺える。

「それを、どうしろと……」

一応、尋ねてみる。

だが、ここにそんなことを伝えに来る理由など、一つしかない。

アレンがゴクリと唾を飲む。

「はい……今回は緊急依頼ということで、勇者様方にもご助力願いに来ました」

騎士たちが一斉に頭を下げる。

「そうか……緊急依頼か」

緊急依頼……。

冒険者ギルドの出す一般的な依頼とは違い、緊急依頼とは、騎士団が緊急事態の時に出す依頼のことだ。

そして緊急依頼が出された場合、原則として勇者パーティーは強制的に参加しなければならないこととなっている。

見るからに分かるほどの大怪我や、よぽど酷い体調不良でない限りは参加しなければならないのが原則で、断れば勇者の称号が剥奪《はくだつ》されてしまう。勇者以外の冒険者も緊急依頼は受けることが可能だが、冒険者の場合は自由だ。

称号の剥奪……そこが一般的な依頼と緊急依頼の最大の違いだと言えるだろう。

「くそ……」

一応、アレンは断ることも可能である。

しかしそれと引き換えに、アレンは勇者の称号を剥奪されてしまう。

称号が剥奪されるとどうなるのか。

例えばアレンが勇者の称号が剥奪されたとしよう。すると、アレンの職業が勇者だったとしても、国からの支援を受けることができなくなり、「勇者」を名乗ることも禁じられてしまうのだ。

アレンとしては、勇者の称号が剥奪されることだけは、避けたい。

勇者というだけで、国民からはもてはやされるし、高い給金も受けられるからだ。

また他にも、アレンが断れない理由がある。

それは、アレンに対するイメージだ。

この緊急依頼を断れば、勇者という称号を失うだけでなく、依頼を断り街を見捨てた元勇者だというレッテルを張られてしまい、どこに行っても冷たい目で見られるようになるだろう。

それもアレンの場合は尚更だ。

アレンは国民の前で「魔族を殲滅する！」と公言したこともあったのだ。

だから、ここで断れば逃げたと思われてしまう。

「くそ、こんな時に……」

これまでにないほど、最悪なタイミングでの緊急依頼。

断る理由はどこにもない。

「では、勇者様方。我々は街の者に避難を呼び掛けながら外でお待ちしております」

騎士団はそう言うと部屋を出ていった。

部屋を後にする騎士たちを、アレンは何も言わず、静かに見守った。

「おい、これを断ればどうなる？」

アレンがシーナに尋ねる。

「私たちの活動資金や報酬のほとんどが国のお金……つまりは国民の税金なので、剥奪は間違いないと思います。それに……」

「国民からは非難され、勇者ではいられなくなるか……。だが逆に、活躍すればあの失敗を帳消しにすることもできるんだよな？」

「えっ……」

アレンの放った予想外の言葉にシーナが驚きを隠せず、変な声を出してしまう。

そんなシーナのことはお構いなしに、アレンは話を続ける。

「なぁ、シーナ……できるんだよな？」

「は、はい……今回は緊急依頼です。しかも街の存亡がかかっていますので、成功すれば帳消しだけでなくアレン様の立場も、他の三方の勇者より上のものになると思います」

「そうか……」

それを聞いたアレンが不気味な笑みを浮かべる。

「ねぇ、アレン。もしかして……」

ルルが不安そうな顔で尋ねる。

嫌な予感がする。

それはルルだけではなさそうだ。

シーナとミイヤが「何をするつもりなの？」と言いたげな顔でアレンを見ている。

「よし、お前ら……さっさと準備してこい。モンスターどもを蹴散らしに行くぞ。ここで活躍して、国民どもに俺が最強だと分からせてやるんだ」

アレンはそう言うと、戦いの準備をするため、足早に部屋を後にした。

そんなアレンの姿をシーナたちは心配そうな目で見つめていた。

◇

準備を終えたアレンたちが建物から出てくる。

アレンが自信に満ち溢れた表情をしているのに対して、シーナたちは不安そうな顔をしていた。

「勇者様方、準備はできましたか？」

建物の外で待機していた騎士の一人が尋ねる。

「あぁ……バッチリだ。問題ねぇよ」

「そうですか。すでに冒険者ギルドにも依頼はしております。残念なことに、現在Sランク冒険者が不在らしいですが……」

騎士の話によれば、この依頼を受けるには最低でもEランク以上の冒険者でないといけないらしい。

もっとも、本来ならばDランク以上が条件で依頼を出すような難易度らしいが、街の危機と言うこともあり、「是非俺たちにも」と言う声が多く上がったらしく、そのこともあり、ギルド支部長と騎士が話し合いをし、こういった判断になったそうだ。

確かに今回の戦いは人数がいればいるほど、有利になるだろう。

しかし、

「全員Bランク以下か……」

それを聞いたミイヤたちは不安そうな表情を浮かべる。

今の自分たちの力で、果たしてモンスターの大群を相手できるのだろうかという不安が、ミイヤたちを襲う。

しかし、アレンだけは違った。

「別に問題ないだろ。この俺、勇者がいるんだしさ。いくら雑魚が集まろうが関係ねぇよ」

なんなら俺たちだけで十分だと言わんばかりの顔で言う。

「そ、そうですよね！　さすがは勇者様……。私たち騎士も全力でサポートさせていただきます！」

同行した騎士の一人が答えた。

「ふん……くれぐれも足を引っ張るようなことはするんじゃねぇぞ」

自信に満ち溢れた顔のアレン。

きっとあの失敗は、たまたま運が悪かっただけであり、自分がモンスターの群れになんかに負けるはずないと。

アレンは未だ、そう思っていた。

自分たちに原因があるだとか、反省だとか……そんなものはアレンの中には存在しない。

アレンの中にあるのは、絶対に次は失敗しないという、根拠もない自信だけである。

「よし……それじゃ冒険者どものいるところまで連れてけ！」

「は、はい！」

騎士たちはそう返事をするとアレンたち、勇者パーティーを冒険者ギルドへと案内した。

◇

「おい、あれって勇者様じゃ……」

「緊急依頼に参加するらしいぞ」

「でも、大丈夫なのかしら……前回、失敗したんでしょ？　それで仲間の一人が大怪我をして抜けたって聞いたわよ」

「いや、たまたまだろ……だって、大陸に四人しかいない勇者の一人だぞ。アレン様なら、きっとこの街を救ってくれるさ」

アレンたちを見た街の人からは、様々な反応が上がった。

やはり、前回の失敗のせいでアレンの印象は変わってしまったのだろう。

失敗する前なら、全員が迷うことなく「アレン様が解決してくれる」と言い応援してくれたかもしれない。

しかし……今は違う。

ちらほらと、荷物をまとめてさっさと街を後にしていく人たちの姿が見受けられる。

「……ちっ、俺を信じて街で待っていればいいものを……全く、アホな連中だな」

荷物を背負う人たちを横目で見ながら呟く。

また、荷物を背負う人たちは、アレンと目が合うと視線をそらし、足早にどこかへと消えていった。

「まぁいい……あいつらだって今回の依頼で、俺が最強だと思い知るだろ」

街の人にどんなことを言われようと、アレンの自信に満ち溢れた表情が変わることはなかった。

後ろを歩くミイヤたちは、そんなアレンの背中を不安そうな表情で見つめていた。

◇

建物を出てから数分後……。

騎士たちの足が木造の大きな建物の前で止まった。

「勇者様方、冒険者ギルドに到着しました」

「おっ、ここがそうなのか……うわぁ、なんかボロい建物だなぁ」

確かにアレンの住む建物に比べれば、かなりボロボロに見えてしまうかもしれない。

だが、冒険者ギルドは一般的に見ればそこそこの建物だと言える。

アレンの言葉を聞いた騎士が苦笑いを浮かべた。

「まぁ……それなりに歴史のある建物なので……」

「ふぅん……まぁどうでもいいや。たぶん、ここに来るのも最後だろうし」

アレンはそう言い、冒険者ギルドの扉を開けた。

その瞬間、中にいた冒険者たちの視線がアレンたちへと集まる。

アレンは物怖じすることもなく、冒険者ギルドの中をズカズカと進んでいった。

「よぉ……もしかして、お前らが今回依頼に参加する奴等か？」

どこか不満そうな表情で、冒険者たちに尋ねるアレン。

「あぁ……そうだが。問題あるか？」

冒険者の一人が尋ね返す。

「いや、弱いのは分かってたんだけどな。想像以上に弱そうだったんでな。まぁでも、初めから冒険者なんかに期待はしていないから。心配すんな」

アレンがポンポンと冒険者の肩を叩く。

安心しろと言いたげな顔で……。

俺がいるから大丈夫だと。

「な、なんだと⁉」

苛立ちを抑えることができなかったのだろう。

肩を軽く叩かれた冒険者がアレンに殴りかかろうとする。

しかし、近くの騎士たちに取り押さえられ、攻撃を阻止される。

「く、くそ……」

「はぁ……冒険者って知能まで低いのかよ。まぁ、それでも肉壁くらいにはなるか……」

騎士たちにより、地面に押さえつけられた男をアレンは嘲笑うかのような表情で見ていた。

「なんなんだよ、あいつ」

「勇者だからなんなんだよ。偉そうにしやがって……」

冒険者たちの鋭い視線がアレンに向けられる。

口々と悪態を吐く冒険者たちに、アレンが苛立ちを覚える。

「……無能どもが」

アレンが不機嫌そうな表情で舌打ちをする。

冒険者たちも、そんなアレンの偉そうな態度に怒りを抑えられずにいた。

アレンと冒険者たちがジリジリと睨み合う。

それを見て、このままでは不味いと思った騎士がアレンに近寄り、止めに入ろうとする。

「あ、あの……勇者様。時間がありません。早く、モンスター討伐の作戦会議をしましょう」

「あぁ……そうだな」

そう言うとアレンは近くの椅子に腰かけた。

そして偉そうな口調で、作戦の説明を始めた。

「俺の考えた作戦はこうだ。まず……魔法が使える奴等が、各々の最強の魔法を放つ。ドカーンとデカイやつをな。そして俺と騎士、攻撃系の冒険者で、魔法が使える奴等が再び使えるようになるまでの時間を稼ぐ……モンスターの群れはこれで十分だろ」

しかし、
アレンが問題ないだろ？　と言わんばかりの顔で、冒険者や騎士に語りかける。

「「はぁ？」」

アレンの話を聞いていた冒険者や騎士、また勇者パーティーのメンバーさえもが、ポカンと口を開けた。

思っていたものとは違う反応が返ってきたことに、アレンが首をかしげる。

「んだよ。文句でもあんのか？」

アレンが周囲を睨み付ける。

「あの、私は魔法使いですが、そこまで強い魔法は放てません……」

「ぼ、僕もです」

冒険者たちから不安の声が上がる。

当然だろう。

彼らは冒険者ではあるが全員がBランク以下、アレンの思っているような魔法を使えるような者などいるはずがない。

そんな中、意外な人物も声をあげた。

「ん……私も自信ない」

不安そうな表情でミイヤが言う。

実はミイヤ……あの前回の依頼の失敗の後で一人森へと向かい、何度か魔法を試し打ちしていたのだ。

試行錯誤をし、何度も何度も、魔力がなくなるまで魔法を打ち続けた。

しかし、今までのような魔法を放つことは一度もできなかった。

ミイヤは知っていたのだ。

もう、あの頃のような魔法が使用できないことを……。

原因は分からないが、今の自分では力不足なことを……。

「おい、ミイヤ……まだ気にしてんのかよ。あん時がたまたま威力が下がっていただけだ。別に気にすることは……」

何も知らないアレンが、ミイヤを励まそうとする。

しかし、ミイヤは首を横に振った。

「ううん……私、あのあと何度も試した。何度も何度も打った。でも、今までみたいな魔法、一度も使えなかった」

自信なさそうな顔で、うつむくミイヤ。

「ミイヤ、お前どうしたんだよ……なぁ、ルルもシーナも何か言ってやれよ」

アレンが二人にもミイヤを励ますように促す。

そう言われ、ルルとシーナが慌てた様子で励まそうと言葉を投げ掛けた。

「そうよ。アレンの言う通り、たまたまだよ。気にすることはないわ」

「えぇ、そうです。たった一度の失敗で、そんなにも気を落とさないでください」

二人が励ませば何とかなると思っていたのだろうか。

アレンがミイヤの肩に手を置き、説得を試みる。

「な？　二人もそう言ってるし……俺だってついてるんだ。俺さえいればモンスターなんて……」

「でも、アレン……結構前から、訓練してない。依頼を失敗した後だって、自分は大丈夫なんだって言うだけで、訓練しようとしなかった」

ミイヤの言葉を聞いた騎士や冒険者たちが、一斉にアレンの方を振り返る。

「いや、その……」

かなり痛いところをつかれたのか、アレンがあたふたしながら、必死に言い訳を考えている。

依頼を失敗したのにもかかわらず、訓練をしていないというのは、知られたくなかったのだろう。

「そ、それはあれだ……ほら、忙しかったんだよ。新しいメンバーの補充とかさ。なぁ、分かるだろ？」

苦し紛れの言い訳をするが、ミイヤはそれを聞こうとすらしない。

それどころか、ミイヤの表情はどんどん暗くなっていく。

また、それを聞いた冒険者や騎士も呆れた顔をし、大きなため息をついていた。

「ん……私、もう無理。あの頃のアレンはもっと頑張っていてキラキラしてた。でも、今のアレンは違う。私の好きだったアレンじゃない！」

ミイヤはそう言うとアレンの手を振り払い、杖を放り投げ、冒険者ギルドを飛び出していった。

「お、おい。待てよ！」

手を伸ばすが、伸ばした手はミイヤを掴むことができず、空を切る。

「なぁ、ミイヤ！　話を……」

アレンがミイヤを追いかけようとする。

しかし、それを騎士の一人に止められてしまう。

「てめぇ、何のつもりだ！　ミイヤを追わねぇと……」

「貴様こそ、何のつもりだ？」

「はぁ？」

騎士の放った予想外の言葉にアレンが首をかしげた。

「てめぇこそ、何を言って……」

「勇者とか、勇者じゃないとか……それ以前に、仲間がやられたら普通、次はそうならないようにと訓練くらいするんじゃないのか⁉」

「はぁ？　俺は勇者なんだぞ。訓練なんて……」

「黙れ……」

騎士は呆れた表情でアレンを見ている。

「仲間を失ってなお、なにもしないとはな……貴様などもはや勇者ではない。例え職業が勇者だとしても、貴様に勇者を名乗る資格はない！」

騎士はそう言い、アレンを力強く突き飛ばした。

アレンが勢いよく、冒険者ギルドの壁にぶつかる。

「っ……痛てぇな、何すんだ」

「勇者とは思えない弱さだな。貴様など必要ない。邪魔だ。ここを出ていってくれ」

「はぁ？　何言ってんだよ……俺がいなきゃお前ら何も」

「ねぇ、アレン。ここを出ようよ」

ルルがアレンの前に立つ。

「あぁ？　どうして……」

ルルが周囲を見渡す。

また、それに続きアレンも周りを見た。

「な、なんだよ……」

騎士や冒険者たちが、鋭い目でアレンを睨んでいる。

中には、まるで汚物でも見るかのような目をしている者もいた。

もはや冒険者ギルド内に、アレンの居場所はなかった。

「っ……なんなんだよ」

舌打ちをしながら、アレンが立ち上がる。

「帰れ」と言わんばかりの鋭い視線が、アレンに刺さる。

「て、てめぇらがどうなろうと、俺は知らねぇからな！」

「ふん。貴様なんぞ、いてもいなくても大差はない。むしろ邪魔だ」

「あぁ、そうかよ。ルル、シーナ、この街を出ていくぞ。こんな奴等になんて構ってられるか！」

そう言うとアレンは、ルルとシーナを連れ冒険者ギルドを出ていった。

「おい、俺たちどうすりゃいいんだよ……」

「勇者パーティーの奴等、逃げちまったぞ」

「一万のモンスターの群れなんて……私たちじゃ到底倒せないわよ」

冒険者たちがざわつき始める。

彼らは街を守りたいという意思で集まった冒険者たちだ。しかし、自分たちの力だけではどうにもならないことをよく理解している。

なら、何故彼らがこの依頼に参加したのか。

それは、勇者がいたからだ。

勇者とは、国からの特別な依頼を受け、モンスターの脅威から国を守る者と認識されており、この大陸にある、王国、帝国、聖教国の三つの大国の最高戦力とされている者のこと……。

そんな四人のうち一人が自分たちの街を守るために共に戦ってくれる。

冒険者たちは騎士からそう聞いていたから、今回の依頼に参加することにしたのだ。

しかし……。

「ってか、あんなのが勇者なのかよ」

「なにあれ、めっちゃ弱いじゃん」

「噂では最強の勇者だって聞いたんだけど……」

目の前に現れた勇者は、自分たちの思っていたような勇者ではなかった。

冒険者たちの不安が高まる。

「なぁ、騎士団……聞いていた話と違うんだが」

冒険者の男が、騎士たちに説明を求める。

「本当にすまない……我々もまさか勇者があんな奴だったとは思っていなかったのだ。我々が以前、戦闘を見せてもらった時は、確かに強力だったし、連携もとれていた。それに、作戦も見事なものだった。それなのに、何故……」

先ほど、アレンを突き飛ばした騎士団のリーダーと思われる人が頭を下げる。

またそれに続き、後ろの十数名の騎士たちも頭を下げた。

彼らもまた、この事態を予測していなかったのだ。

騎士と勇者が会うのはこれが初めてではない。

騎士団の中には勇者パーティーの戦闘を何度か見た人だっていた。

当時の勇者パーティーは、見事な連携を見せており、その姿は紛れもなく勇者だった。

だからこそ、騎士たちも何が何だか分からないでいたのだ。

「勇者パーティーにいったい何が……」

その時だ。

冒険者ギルドの扉が勢いよく開かれる。

そこには、鎧を纏った、左手首から先を失った一人の女性が立っていた。

「リ、リナ様ですか？」

その女性を見た騎士が尋ねる。

「あぁ……そうだ。私も微力ながら参加させてもらいたい」

リナはそう言うと、深々と頭を下げた。

背中には盾を背負っており、その装備からはリナが戦いたいと本気で思っていることが分かった。

「し、しかし……」

騎士の視線がリナの左手に向けられる。

騎士や冒険者、いや、街の誰もがリナが左手首から先を失ったことを知っている。

リナが以前のようには戦えないのは、誰が見ても一目で分かる。

それは、リナ自身もしっかりと理解していた。

「皆の思う通り、私はもうあの頃のようには戦えない。戦力になるかも分からない……。だが、皆の壁になることぐらいはできると思う。だから、頼む……私を一緒に戦わせてはくれないか？」

リナはそう言うと頭を下げた。

冒険者たちが顔を見合わせる。

「まぁ、別にいいんじゃねぇか？」

「そうね。私、リナさんは結構凄い盾使いだって聞いたことがあるわ。片腕がなくてもきっと、強いわよ」

肯定的な意見が冒険者たちから挙がる。

また、騎士たちも……、

「我々としても是非、ご協力願いたい」

「あぁ……リナ様がいれば百人力だ！　あんな勇者よりも絶対に戦力になる」

騎士たちからも肯定的な声が挙がった。

それを聞いたリナが再び、頭を下げる。

「すまない……迷惑かもしれないが、よろしく頼む」

「あぁ、こちらこそよろしく頼む。だが、リナ様も無理はしないでくれ。もし、我々にも手伝えることがあれば言って欲しい」

「そうかでは早速ですまないが……騎士の方々は、ロイドという男を知っているか？」

リナが騎士団に尋ねた。

「ロイドと言いますと……つい先日、勇者パーティーを追放されたという白魔導師の？」

「あぁ……そうだ」

「彼がどうかしたのですか？」

騎士が首をかしげる。

「いや、勇者パーティーが依頼を成功し続けることができたのは、勇者であるアレンのお陰でも聖女であるシーナのお陰でもない。白魔導師のロイドがいたからなんだと、今ははっきりと思える」

「そ、それは……」

騎士たちもそう言われ、ふと気づく。

確かに、勇者パーティーが依頼を失敗する前まではロイドがいたということを……。

きっと忘れていたのだろう。

支援職は戦場でも、ずっと後ろにいるため目立つことがない。

しかも回復職とも違い、目に見えないサポートをすることがほとんどだ。

有名なパーティーでも、いざ聞かれると、支援職の人の名前だけが知られていないことだって多々ある。

「そう言えばあの時、指示を出していたのはロイドさんでしたね……」

「あぁ、そうだ。今思えば、依頼の前にアレンの作戦を修正していたのはロイドだった。きっと彼がいたから、勇者パーティーは失敗しなかったんだ。実力も彼の魔法により底上げされていたのだろう。なのに、私はそんな彼に酷いことを……」

リナの話を聞いていた冒険者の一人が手を挙げる。

「あ、あの……」

「ん？　なんだ？」

「い、いえ。そう言えば数日前にSランク冒険者のユイさんが、ロイドっていう白魔導師を連れてきたんですけど……」

「そ、それは本当か⁉　彼は今どこに……」

「彼は、数日前にユイたちとともに遠くの農園のハイウルフ討伐という依頼を受けとる」

冒険者ギルドの奥の部屋から、一人の老人が出てくる。

この冒険者ギルドの支部長、ウルゴだ。

「そ、それで、彼はいつ戻るんだ？」

「うむ……ユイたちが向かった農園は、移動だけでも数日はかかるからのぉ」

それを聞いたリナは、ホッと息をついた。

もしかすると、もうイシュタルにはおらず、二度と戻ってくることはないのではないかと思っていたからだ。

しかし、依頼で街を留守にしているということは、帰ってくる……

「つまり、彼はSランク冒険者と共にこの街に戻ってくるのだな？」

「うむ、そうじゃが……」

「よし……ならば、なんとかなるかもしれない」

それを聞いたリナがぼそりと呟く。

そんなリナの様子を冒険者や騎士が不思議そうな顔で、眺めていた。

「皆、反対してもらってかまわない。その上で私の話を聞いてはくれないだろうか？」

リナの問いかけに、誰もが黙って頷いた。

第五話　謎の獣人

「ロ、ロイド……何をしてるんだ？」

真下を向きながら、ぐるぐると同じところを歩く俺を不審な目で眺めるダッガス。

またユイたちも、何をしているのかとこちらをじーっと見つめていた。

「ねぇ、ロイド。何してるの？　侵入するんじゃ……」

「いや……だから、どこから行こうかと思って……」

探知魔法で魔族の位置を確認しながら、場所を探る。

よし、ここら辺でいいか……。

「シリカ、土属性の魔法は使えるよな？」

「えっ、使えますけど……まさか」

「あぁ……ここから侵入する」

そしてそのまま、下の敵に奇襲をかける。

「敵の位置を把握して、ピンポイントで上の地面を落下させる。だが……獣人には当てないように気を付けないとな……」

「どうしてだ？　敵だろ？」

クロスの言うように、ここにいる以上、敵である可能性は高い。

倒すべきだ。

だが、何かがおかしい。

「いや、何だろうな……探知してるんだが、反応が弱すぎるんだ」

探知魔法はそのものの魔力を探知し、気配を察知する魔法だ。

これだけ近ければ、魔力の質やその量もはっきりと分かる。

あれほどの魔法を使う獣人にしては、あまりにも魔力が少なすぎるのだ。

考えられる可能性は……、

「何らかの理由で弱っている……」

魔法の使いすぎだろうか？

何にせよ、このまま地面を崩せば死ぬかもしれない。

だからなるべく獣人にはダメージを与えないように調整しなくてはならない。

そいつだけは、絶対に生かしておく必要があるからだ。

「それで、どうするかは決まったの？」

「あぁ……敵の位置も崩す場所も全て計算済みだ。あとは、実行するだけ……」

さてと。

「それじゃ、やるとするか……」

◇

「よし……計画は順調に進んでいる」

「ははは っ、さすがのSランク冒険者も死んだだろ」

「そろそろモンスターどもに街を襲わせるか……」

「とっておきもあるしな。なんせこの計画には四天王が二人も協力してくれてるんだ」

「おう、さっさとやっちまおうぜ！」

魔族の声が地下に響き渡る。

「あぁ……勇者ごと……」

そう言い、魔族の一人が不気味な笑みを浮かべた。

その時だ。

突如、魔族のいる空間の天井が大きな音をたて、激しく揺れ始めた。

「な、なんだ⁉」

「天井が揺れているぞ！」

「地震か⁉」

「いや、この地下空間は地震で崩れるほど柔ではないぞ！」

「じゃ、なんなんだよ⁉」

慌てふためき、動揺する魔族。

そんな魔族たちの頭上に大量の土砂が降り注ぐ。

「なっ……くそ！」

天井のあちこちが崩れ、土砂が魔族たちを次々と生き埋めにし、地下の空間を埋め尽くしていく。

「くっ……な、なんなんだ？」

魔族の一人がボロボロの姿で、辺りを見渡しながら呟いた。

周囲に自身以外の魔族の姿は一切ない。

「皆……巻き込まれたのか？　それじゃ、あの獣人の女は……」

顔を真っ青にしながら、その獣人の姿を必死に探す魔族。

そんな魔族の前に、一人の男が崩壊した天井の間から飛び降りてきた。

「き、貴様……何者⁉」

男は魔族の前にすっと降り立つと、有無も言わせずにロープを取り出した。

「ロープをどこから……って、えっ？　ちょっ、何を……」

そしてそのまま、魔族を拘束。

呪文を唱えないようにと、口の中にまで何かを詰める。

「ん……ん！」

手足も口も封じられ、地面に転がりもがく魔族。

魔法も発動できない。

「よし、これで終わりだな」

もがく魔族を見て俺はそう呟くと、上を向いた。

魔族を拘束し、周囲に敵がいないことを確認した俺は、上で待機しているユイたちに降りてくるよう指示を出した。

その間、ロープで縛った魔族を押さえつけておく。

「ふぅ……思っていたより、楽にいったな」

もともと七人いた魔族の中でも、魔法を得意としている奴を狙っていた。

魔法を得意としている奴ならば、口と腕さえ縛ってしまえば魔法を使えない。

まぁ……俺の知る限りでの話だが……。

「いくら魔族とは言え、詠唱も杖もなければ魔法は使えないか……」

魔族は未知な部分が多い。

正直、危ない賭けではあった。こいつがこの状態でも魔法を使えるか否か……。

「ロイド、無事か？」

ダッガスが急ぎ足でこちらへと駆け寄ってくる。

「あぁ……問題ない。今のところは作戦通りだ」

「そうか……それで他の魔族は？」

「後の六人はほぼ即死しただろうが、一応確認してきてくれ。あと、行動は二人一緒にするようにな」

何があるか分からない。

もし、生きていたら……それが、Sランク冒険者並みの力、またはそれを超える力を持っていたら……。

その可能性は十分にある。

「相手の実力は未知数だからな。くれぐれも気を抜くなよ」

「分かったわ。ダッガス、行こう」

ユイはそう返事をすると、ダッガスと共に魔族を探しに向かった。

次は……、

「クロスとシリカ。二人は獣人を探してきてくれないか？　死んではいないはずだ。できれば生きたまま捕らえておきたい。そいつの力が必要なんだ」

「分かった……」

クロスとシリカが俺の指示した方向へと走り去っていく。


それからしばらくして、ユイとダッガスが戻ってきた。

二人とも怪我をした様子はない。

「大丈夫だったか？」

「生きていた奴はいたが……瀕死の状態だった。一応とどめは刺しておいたが、どちらにせよ死んでいただろうな」

「そうか……すまなかったな」

「いいのよ。私たちは戦ってるんだもの」

「そうだな」

それよりも先のことを考えないと……。

まだ、戦いは終わっていない。

「なぁ、ロイド！　急いでこっちに来れるか!?」

考え込んでいると、クロスの声が聞こえてきた。

かなり焦っているようだ。

「ユイ、ダッガス……こいつを連れて来れるか？　俺は先にクロスたちのもとへと向かう」

「分かったわ。こいつは私とダッガスに任せて」

俺はユイたちに魔族の男を引き渡し、急いでクロスのもとへと向かった。

声からして戦闘しているわけではなさそうだ。

だが、かなり焦っていたな。

いったい何が……。

「ロイド、こっちだ！」

クロスが手を振っているのが見えた。

「クロス、シリカ。いったい何が……」

「ロイド、ねぇこの人……」

シリカの指さす先には、ぐったりとした様子で鎖に繋がれた、全身にアザや傷のある獣人の女がいた。

痩せ細っており、手足は簡単に折れそうなまでに衰弱していた。

「これは……」

そうか……。

道理で魔力がこんなにも弱々しく感じられ、その上、獣人がこんなところにいるわけだ。

「これはちょっと……いや、かなり不味いかもしれないな」

俺の言葉を聞いたクロスとシリカが、ゴクリと唾を飲むのが分かった。

これは本当に不味い状況になったな。

◇

「おい、ロイド。助かんのかよ、これ……」

「かなり弱ってるし、怪我も……」

クロスやシリカの言うように、その獣人はかろうじて生かされていると言った感じだ。

傷やアザも急所にはない。

殺さないようにしているのだろう。

だが、死にさえしなければ別にこの獣人がどうなろうと構わない。どんな形であれ、生きていればいい、といった扱いようだ。

かなり酷いな……。

最初は、魔族全員を生きて連行できないかとも考えたが、こんな危ない奴等をイシュタルにまで連れていこうとしなくてよかったと思う。

もしかすると、何の罪もない街の人にまで危害が及ぶかもしれなかった。

「ロイド……この人……」

「獣人か？　かなり酷い傷だな」

「……これは想定外だった」

弱っていることは分かっていたが、この衰弱っぷりから見るに監禁されたのは数日前なんてもんじゃない。

数ヶ月……下手すれば一年だって考えられる。

怪我はともかく、それだけ監禁されてるとなると精神的にも身体的にも、魔法なんかではどうにもならないレベルだ。

今は気を失っているが、正気を保っているのかすら危うい。

「ねえ、ロイド……この女の人をなんとか」

「あぁ……だが、怪我を治すのは後だ。まずはここから出るぞ。じきにここも崩壊する」

回復してやりたいのは山々だが、後回しにせざるを得ない。

何故なら、侵入する際に魔族の頭上の地面を崩落させたことで、天蓋《てんがい》となっていた広範囲の地面がいまにも崩れそうになっているのだ。

　魔族や獣人を背負いながら地下を移動するのは、外に出るまで時間がかかるためリスクが高い。崩落のリスクを避け、最も速やかに外へと脱出する方法は……。

「ユイ、その女を繋ぐ鎖を切れるか？」

「もちろん！　こんな鉄なんてどうってことないわ！」

　ユイはそう言うと、一旦魔族の男を地面に投げ捨て、思い切り剣を振り下ろし、鎖を切断した。

　強化魔法を使っているとは言え、凄まじい攻撃力だ。

「シリカ、この地面をせり上げて、地上までいけるか？」

「は、はい。いけます！」

「ダッガス、盾は強化した。いけるな？」

「あぁ……当然だ！」

「よし、シリカ、頼む！」

「はい、分かりました！」

　シリカが杖を構え、呪文を唱える。

　唱え終えると同時に、地面が隆起し、天井へと向かい伸びていく。

　同時にダッガスは盾を上へと構え、腰に力を入れる。その盾で天井を突き破り、俺たちは地上に出た。

思った以上に上手くいった。

チームワークあってこその脱出方法……俺一人では決してできないことだ。

しかしその安堵も束の間、突き破った衝撃をきっかけに、危うかった地面が一気に崩落し始めたのだ。どこまで崩れるのかわからない。

「まずい、すぐにここから離れるぞ。ユイ、その魔族の男を運べるか？」

一応、こいつには生きてもらわねばならない。

「どうだろ……でも、やってみる！」

「あぁ……無理だと思ったらそいつは捨ててでも逃げろ」

「分かってる！　こいつと一緒に死ぬなんてゴメンよ！」

俺は獣人の女を背負い、ユイは魔族の男を持ち、その場から逃げるため地面を強く蹴り駆け出した。

そのまま一気に加速……。

幸い、獣人の体重が異様なまでに軽いため、そこまで動きにくくない。

鳴り止まない崩落の音。どうやらこの辺り一帯が魔族の隠れ家で、あの地下空間以外にも広範囲に部屋があったようだ。

想定外だった。

崩れ落ちる地面を尻目に、ただひたすらに真っ直ぐ、森の安全な場所を目指し駆ける。

巻き込まれでもしたら生き埋めになり、死ぬだろう。

そんなのはゴメンだ。

俺たちは生き残ることだけを考え、フルスロットルで崩壊する森の中を駆け抜けていった。

◇

「ふぅ……危なかった」

ユイが魔族の男を投げ捨て、呟く。

「危ない役をやらせてすまなかったな」

できることなら俺が持ちたかったが、あの時ユイが最も魔族に近い位置にいた。

ダッガスも盾を持っていたため、無理だと判断。

クロスやシリカにも難しい。

それにたぶん、俺がいくら強化魔法を使ってもユイには勝てない。

あの場合、全員が助かるためにはユイにあの役を任せるしかなかった……。

とは言え、ユイには本当に申し訳ないことをしてしまったのも事実。

「ユイ、本当にすまない……」

俺は再度頭を下げ、ユイに謝った。

「別にいいわよ。私たちはパーティーなんだよ？　協力して当たり前でしょ」

「だがしかし……」

「もう、いいからいいから！　それより……」

ユイが地面に倒れる魔族と俺に背負われている獣人へと視線を向けた。

「まず、こいつと彼女を何とかしないと……」

彼女……すなわち獣人を優先すべきだろう。

魔族はあと回しだ。

その状態なら舌も噛みきれないし、魔法も使えない。自滅も逃走も不可能。

それよりも今は危機的状況にある彼女の回復が優先だ。

「ロイド……回復できそう？」

「……傷はな」

精神の方も完全に崩壊していなければ、少しだけ回復させることができるかもしれないが、これは分からない。

「とりあえず、傷だけでも回復させようと思う」

俺は背負っていた獣人をゆっくりと地面に寝かせ、回復魔法をかけた。

「ヒール」

ヒール……回復系の魔法の一つで、俺が使える回復系の魔法の中では最も得意な魔法だ。

白魔導師ならば、大抵の人が使えるであろうヒール……。

簡単ゆえに、この魔法は改良しやすかった。

それに深い傷や致命的な怪我はないため、わざわざ魔力消費量の多い一つ上の回復魔法をかけるよりか、ヒールを何度かかけた方が有効だ。

「凄い……傷がみるみる治って……」

「ロイドさん……ヒールってこんなに凄い回復力があるんですか？」

目を丸くしながら尋ねてくるシリカ。

別にそんなに凄いことをしている覚えはないのだが……。

改良したとは言え、俺は支援職。

回復職に強化魔法をかけ、普通のヒールを使った方が効果は高い。

それに支援職である白魔導師が回復魔法を使う時に消費する魔力は回復職の二倍にもなってしまう。

効率的とは言えない。

改良しているともなれば尚更だ。

だから俺が勇者パーティーに所属していた際に、回復魔法を使うことはなかったのだ。

「所詮は白魔導師……しかも俺の使うような回復魔法だ。改良はしているが、大したものじゃないだろ」

「いや、ロイド……まだ言ってるの？　改良って……勝手に魔法をいじっちゃうこと自体、凄いと思うけど……」

「そうですよ。改良だなんて、冒険者がやることじゃありませんよ……普通は」

「そうか？」

師匠なんて魔法を改良するだけでなく、作ったりもしていたのだが……。

「まぁ……いいんじゃねぇの？　ロイドが常識知らずってのはここ数日でよく分かったろ」

「確かにそうね。今さらよね」

傷が癒え、眠っている獣人を見つめる。

外傷やアザなど治せる傷は治した。

しかし、蓄積されたダメージや疲労、弱りきった体がもとに戻ったわけではない。

「彼女はもう少し寝かせておこう」

起きてから、リフレッシュ……精神系の回復魔法はかける。大した効果は望めないが……。

「それより、こいつに情報を吐かせないとな。何か企んでいたのは確かだ」

俺たちは武器を構え、シリカとクロスを遠距離から攻撃できるように配置。

残りの三人で魔族の男を囲む。

「下手な動きを見せたら殺すからな」

俺はそう言い、魔族の男の口に詰めた布を取った。

「はぁはぁ……お前ら、何で生きてるんだよ！」

よほど俺たちが生きていることが信じられないのか……。

こちらを睨み付ける魔族。

その顔からは、かなり驚いていることが窺える。

やっぱりこいつらだったのか……。

「そんなことはどうでもいい。狙いを話せ。余計なことは話さなくていい」

ダッガスが魔族の男を地面に押さえつけ、ユイがその男の喉元に刃をたてる。

「ひっ……」

「早く話しなさい。私たち、暇じゃないの」

ユイに刃を突き立てられ、怯えた様子を見せる。

しかし、それは一瞬だけで、何故か魔族の男はニヤリと不気味な笑みを浮かべた。

「まぁいい。どうせお前らじゃ間に合わない……。お前らが街にたどり着く頃には、イシュタルは落ちる……モンスターの大群によってな！」

「なっ……」

「今、モンスターの大群がイシュタルへと向かっている。その中には先日、勇者とその仲間すら容易《たやす》く倒した強化モンスターどももいる！」

「強化モンスター……つまり、モンスターに強化魔法をかけたということか？」

「少し違うが、そんなもんだ。しかも、それらを作ったのは四天王の一人。お前らごときで勝てる相手ではない！　今さら俺を殺したところで……意味なんてないんだよ！」

そう言うと男は自ら剣へ首を突っ込んだ。

「えっ、何で……」

ユイが急いで剣を首元から離そうとするがすでに遅く、魔族の男は笑いながら死んでいた。

「くそっ……時間稼ぎか！」

「不味いぞ。こいつの話が本当なら……」

すぐさま探知魔法の範囲を広げ、モンスターの気配を探った。

「どうやら、本当らしいな」

「えっ!?　それじゃもう、イシュタルにモンスターの群れが……」

怯えた表情でこちらを見つめるユイ。

「いや、まだ到着してはいない。イシュタルからは少し離れた場所を、群れの戦闘系が歩いている……数はざっと一万程度だ」

「なっ……い、一万だと!?」

森の中のモンスターを集められるだけ集めたのだ。

「ロイド、急がないと……」

「あぁ……行こう」


俺たちは獣人の女を背負い、イシュタルへと向かい走った。

第六話　イシュタル防衛戦

勇者が冒険者ギルドを去ってから数時間後。

街と森の間にある少し拓けた場所で、冒険者と騎士が戦闘に備え作業をしていた。

シャベルや土属性の魔法を使い地面を掘ったり、高台を作ったりなど……モンスターの群れに対する戦闘の準備は着々と進められていた。

「こんな感じでよろしいでしょうか？」

騎士の一人がイシュタルの冒険者ギルド支部長である、ウルゴへと問いかける。

「うむ、これだけあれば十分だ」

騎士の問いにウルゴが頷く。

現在、騎士の目の前の地面には、深い堀が掘られていた。

その堀はモンスターが進攻してきている方向にのみ掘られており、深さは三メートル、幅は四メートルほどある。

また、この堀は作りかけのダムへと繋がっていた。

緊急ということで、ここら一帯を治める貴族にお願いし、使わせてもらうことにしたそうだ。

「あの……本当にこれで大丈夫なんでしょうか？」

「まぁ、時間を稼ぐことはできるだろう。後は、ユイたちがどれだけ早く帰ってくるかにかかっとる」

「そうですか……」

騎士が不安そうな表情を浮かべる。

当然だろう。

リナの意見に反対する者はいなかったが、誰もが不安を抱いているはずだ。よく知りもしない人間に命を預けているのだから……。

しかし、それでも彼らが逃げることなく、ここに残ったのは、街を見捨てたくなかったからだ。

お世話になった街の人たちや家族、恋人を守りたいだとか……。

そういう様々な願いが、思いが、今のこの状況を作っていた。

「どうせ、逃げても間に合わねぇしな……」

高台から森を見ていた冒険者が呟く。

高台の上に立つ冒険者の視線の先には、モンスターの群れがあった。様々なモンスターが集まった群れがイシュタルへと迫ってきている。

「来ましたよ！　モンスターの群れ！」

「分かった……皆、位置につけ！」

全体に聞こえるように、騎士が大声で叫んだ。

それを聞き、大きな盾と剣を持った騎士や冒険者が少し間隔を空けながら、堀の側に立ち並んだ。

その背後では弓を持った人たちが構えており、さらにその後ろでは、杖を持つ人たちが待機している。

「弓部隊、撃て！」

騎士の合図にあわせ、後方から大量の矢が放たれる。

放たれた大量の矢は、最前列にいたモンスターの身体に突き刺さっていき、群れの進攻を遅らせていく。

しかし、ここにいる弓使いは全員が手練れなわけではない。

モンスターの急所に深く刺さる矢もあれば、浅くしか刺さっていない矢もあった。

もっとも、数が数だけに当たらなかった矢はほとんどないが……。

少なくとも、ダメージを与えているのは確かであり、わずかながらも、モンスターの進攻の速度が落ちるのが分かる。

また、前のモンスターにつまずき、転ぶような奴等まで出てきた。

効果はあったと言えるだろう。

その後、数回にわたり同じような攻撃が繰り返された。

だんだんとモンスターの群れの動きが遅くなり、列や群れのまとまりが乱れてくる。

しかし、モンスターの群れの進攻が止まることはない。

だがこれも騎士や冒険者たちの想定の内。

弓矢程度では、群れの進攻を防げないなんて容易に想像がつくことだ。

ある程度、接近してきたあたりで、騎士が次の指示を出す。

「次……盾！」

「「了解！」」

騎士の合図を聞いた、大きな盾を持つ騎士や冒険者が、堀の近くで盾の壁を作る。

その中には片腕ながらも盾を構え、頑張るリナの姿があった。

「この……くそが！」

騎士や冒険者が堀を飛び越えてくるモンスターを盾で打ち落としていく。

堀の底へと貯まっていくモンスター。

次々とモンスターが落ちていき、堀を少しずつ埋めていく。

「そろそろか……」

遠くから堀を見ながら騎士が呟く。

堀はすでに半分ほどがモンスターで埋め尽くされており、底が見えない状態になっていた。

しかも、殺してはいないため、堀の中でもモンスターがごちゃごちゃしながら動いている。

そんなモンスターたちが落ちていく堀の様子を見つめ、一人の騎士がタイミングを見計らっていた。

「よし、魔法部隊……放て！」

「「ファイヤーボール！」」

弓使いたちの後ろに構える魔法部隊から、何十発もの火の玉が放たれた。

その火の球は盾を持つ人たちの間を通り、堀を飛び越えようとするモンスターに命中する。

そして、そのモンスターは燃えながら堀に落ちていった。

火属性魔法ファイヤーボール……。

初級魔法とも言われており、魔法職なら誰でも使えるような魔法だ。利点としては、命中率が高く、魔力の消費量の少ないなどが上げられる。

また、この魔法は慣れてくれれば、一気に何発も放つことが可能となる魔法で、初級とはいえ、実は上級者でも使う便利な魔法だったりもする。

「これでいいんですよね、ウルゴ支部長！」

「うむ……作戦通りじゃ」

一連の動作を見ていたウルゴが満足そうに騎士に言う。

今のところは作戦は成功していると言えるだろう。

進攻してきたモンスターも、負傷者の数もゼロ。

「本当に凄いですね……確かにこれなら時間を稼ぐことができます」

ファイヤーボールが命中したモンスターが燃えながら堀へと落下し、さらに、堀にいたモンスターたちにも、その炎が燃え移る。

そして次々とモンスターたちが焼け死んでいき、原形をとどめない死体が堀の底に溜まっていった。

微かに動くものはいるが、先ほどみたいに元気よく動くモンスターの姿は見受けられない。

また、火に気がついたモンスターたちの足が一瞬止まった。

「後は……ルミ、アンジェ、頼んだ！」

「は、はい！」

「了解です」

堀の端の方で待機していた二人の女性が返事をする。

彼女らは魔法職のBランク冒険者だ。

今、この防衛戦に参加している中では、トップクラスの魔法職。

「『アクアウェーブ』」

詠唱と同時に、杖の先から大量の水が流れ出る。

狙うのはモンスターの群れではなく、堀の中だ。

その水が堀にあるモンスターの死体を流していく。

さらに、土も運搬されることにより堀の幅はさらに広くなり、底も深くなっていった。

後はこれを繰り返していくだけ……。

それがウルゴとリナの立てた作戦だ。

「さて、あとは時間との勝負だな……」

街にある魔力を回復させるポーション……マナポーションは集められるだけ、かき集めてきた。

もともと騎士団が、もしものために用意していたマナポーションも含まれているが、半分は街の危機ということもあり、様々な商店の人たちが、無償で提供してくれたものだ。

お陰でかなりの数を用意することができた。

だが、それでも数には限りがある。

魔力とマナポーションが切れ、この状況を維持できなくなるのが先か……。

ユイたちが戻ってくるのが先か……。

どちらに転んだとしても、おかしくはない。

緊張感の走る戦場……。

時間はどんどん過ぎていき、マナポーションの数が物凄い勢いで減っていく。

「まだ……なのか？」

騎士が残りのマナポーションを見ながら呟く。

大量にあったマナポーションも、すでに半分は軽く下回っており、矢の数もかなり減っていた。

物資も底をつきかけており、体力もかなり削られている。

その騎士だけでなく、その場にいる全員に不安が走る。

「くそ……もう、そう長くはもたねぇぞ」

特に最前線に立つ盾を持った人たちは、装備もボロボロで満身創痍になりながら戦っており、今にも倒れそうな人が何人か見受けられるほどだ。

しかし、モンスターは容赦なく進攻してくる。

そして……、

「もう、限界……」

盾を持つ男が一人、地面に倒れこんだ。

ついこの間、Eランクになったばかりの冒険者だ。

その隙を見逃さず、一匹のモンスターが空いた所を通り抜けようとする。

「させるか！」

そのモンスターの攻撃を、リナが盾で受け止めた。

そしてそのまま盾で弾き、モンスターを堀の底へと落とす。

「はぁはぁ……リナさん、すみません……」

「いや、気にするな。Eランクの冒険者にしてはよく頑張った。後は休んでおけ」

「あ、ありがとうございます」

Eランク冒険者はそう言うと、身体を引きずりながら後ろへと下がっていった。

それからは、冒険者が離脱したのを初めとし、次々と低ランクの冒険者から脱落していった。

一人、また一人と抜けていき、穴が大きくなっていく。

徐々に崩れゆく陣形……。

それにより、残っている騎士や冒険者の負担が大きくなり、より疲労がたまっていく。

「不味い……このままでは」

誰がそう呟いた。

その時だ。

モンスターの群れにめがけ巨大な炎の渦が放たれ、それらがモンスターを一気に焼き尽くした。

突然の別方向からの攻撃。

攻撃の来た方向へと目を凝らす。

「あ、あれって……」

冒険者の指差す先にはユイたち五人とロイドに背負われる一人の獣人の女の姿があった。

◇

くそ……。

何とか間に合ったはいいが、シリカにいきなり魔法を使わせてしまった。

しかも特大の奴だ。

魔力消費量もかなり大きい。

「シリカ……大丈夫か?」

「はい……まだいけます」

だが、さすがはSランク冒険者だ。

俺なんかよりも魔力を持っている。普通、これだけの魔法を使えばダウンしてしまう。

勇者パーティーのミイヤ並の魔力……もしくは、それ以上だ。

「ロイド、ここからはどうするんだ？」

「すまないが、考えてない……」

正確に言えば、ここに来るまで状況の把握ができなかったし、何の考えも思い浮かばなかった。

それに、

「なぁ……何か俺ばかりが勝手に指示を出しているが、もとはダッガスあたりが指示を出していたんじゃないのか？」

そう。俺は雇われみたいなものだ。

このパーティーの正式なメンバーではない。

これ以上、勝手に指揮をとるのは不味いのではなかろうか？

「なんだ……今さらそんなことを。お前は俺よりもそういうのに長けてる。モンスターの知識に関してもだ。それにもともとこういうのはお前と同じ支援職で、後方から支援をしていたクルムがしてた。俺の仕事じゃない」

「そうだったのか……」

そう言えば、俺はユイたちについて詳しくは何も知らない。

強いて言えば、凄腕の冒険者だということぐらいだ。

あとは、優しいとか……。

「いいのか？　今回も指示して」

「あぁ……当然だ。反対するやつなんて、このパーティーにはいない。だろ？」

ダッガスがユイたち三人へと問いかける。

「もちろん。この依頼もロイドなしじゃ、ここまでこれなかっただろうしね」

「あぁ……そうだぜ」

「はい。今回もよろしくお願いします」

そう言われると困るが、任されたからにはやるしかない。報酬も発生しているのだから。

「分かった。まずは、モンスターたちを避けながら騎士たちと合流しよう。状況が知りたい」

「あぁ……モンスターとの戦闘は？」

「なるべく避ける。情報が先だ」

ここ数日間、魔法を使いすぎたせいで魔力がつきかけていた。シリカもおそらくそうだ。

クロスに関しても、ハイウルフの群れでの戦闘で矢をかなり消費している。

このまま戦うのは不味い。

戦うのは一度、状況を立て直してからだ。

「ユイ、ダッガス、先頭を頼めるか？　なるべくモンスターがいないルートを突っ切るぞ」

「えぇ、分かったわ！」

「任せろ」

先頭をゆくユイとダッガスが武器を構え、襲いかかるモンスターを次々と蹴散らし、目的の場所へと駆ける。

そしてあっという間に、騎士たちの近くへとやってきた。

盾を持った人たちが列をなし、モンスターたちを食い止めている。

「……っ、危な⁉」

突然、先頭を走っていたユイが高く跳躍した。

「ユイ、何を……」

なるほど。そういうことか。

ユイが高く飛び上がった場所まで来て、俺も気がついた。

そこに大きな堀があることに……。

俺も急いで大きく飛び、堀飛び越える。

「そうか……こうしてモンスターの進攻を食い止めていたのか……」

強化魔法がなければ飛び越えられなかっただろう。それほどまでに大きな堀だった。

側面や底の土が若干湿っている。

水属性魔法を使って堀の幅を広げたのか……。

「あなた方は、Sランク冒険者とロイド殿ですか？」

こちらに気がついた騎士が近寄ってくる。

「あぁ、そうだ。この状況について説明してくれないか？　物資の在庫や戦える人の数、それに……アレンはどうした？」

辺りを見渡すが、アレンやミイヤたちの姿が見当たらない。

何か理由があって別の場所で戦っているのか？

「勇者は……ここにはいません。今は自宅にいると……」

自宅……あの勇者パーティーのために設けられた建物のことだろう。

「どうしてだ？　緊急依頼じゃないのか？」

緊急依頼ならば強制的に参加させられる。

国から多くの金をもらい、補助を受けているのだから当たり前だ。

あいつらはこんな時に何をしているんだ？

「何があった？　何か参加できない理由があるのか？」

「いえ、冒険者ギルドにて少しもめまして……」

「理由はそれだけなのか？」

「は、はい」

怒りが胸に込み上げてくる。

少しもめた……あいつはその程度のことで、街を守るための戦いから手を引いたということか？

街の人の命がかかっているんだ。

怖くて怖じけづいた？

いや、そんなはずはない。

ならば何故、勇者の称号を受け取った？

それにアレンは街に来てすぐに「俺は最強の勇者になる男」だとか「この街は俺のいる限り安全だ」とか公言していたそうだ。

魔族を殲滅するとも言っていた。

子供でもあるまいし、いったい何を……。

「アレン……」

「ロイド殿、今の彼らでは戦力になりません。Sランク冒険者とロイド殿だけが頼りです」

（そうか……って、ん？　何故俺なんだ？）

「えっ？」

「えっ？」

俺と騎士が互いにポカンと口を開けた。

「それは、ロイド殿は凄いお方だとお伺いしたので……」

「いやいや、俺なんて三流の白魔導師だぞ。ユイたちに期待するのは分かるが……」

どういうことだ？

意味不明だ。

勇者とそのパーティーが緊急依頼を蹴り、何故追放された俺が期待されているんだ？　全く分からん。

「俺は実力不足が原因で勇者パーティーを追放されているぞ」

「はい、それは聞いております」

ダメだ。話にならない。

今はこんな不毛な話をしている場合ではないというのに……。

「もういい……その話は後にしよう。それで、現在の状況は？」

「えーと、それでしたら……」

騎士からの話はこうだ。

現在、冒険者と騎士が何とか街に入れないよう戦っているが、戦況はあまりよいとは言えず、物資よりも人員が足りていないそうだ。

ランクの低い冒険者はすでに脱落しており、数もだいぶ減っている。

ギリギリ街への侵入を防げているといったところだ。

「それじゃマナポーションや矢はまだあるのか？」

「はい……それならありますが……」

しかし、物資はあれどもこちらに戦える者は五十人もいない。

それに対し、相手は一万。

うち百体ほどが強化されている未知のモンスター。

勝てるのか？

「どうするか……」

状況を見て、ますます分からなくなってしまった。

「ロイド殿……このままでは……」

絶望的な状況……。

そんな中、俺に背負われている獣人の女が目を覚ました。

◇

「ここは……」

背後、それもすぐ近くから女の掠れた小さな声が聞こえてきた。

「目を覚ましたのか」

振り返り、女の方を見る。

するとそこには、目を覚ました獣人の女の姿があった。

よかった……目は覚めたのか。

「喋れるか？」

「えっ……あ、はい……」

思っていたより、安定している。

普通に話せているし、精神状態もそこまで悪くはなさそうだ。

「あの……ここは」

周囲をキョロキョロと見渡す。

「イシュタルっていう王国内の街なんだが……分かるか？」

「イシュタル……聞いたことはありますけ」

「そうか……」

聞いたことがある、ということはここに来たことはないのか……。

俺なんてここ以外、たいして知らないのに、博識なんだな。

「それで、君はなんであんなところに……」

「そうだ！　あの子たちは⁉」

何かを思い出したらしく、突然慌てた様子で問いかけてきた。

「あの子たち？　他にも仲間がいたのか？」

探知魔法には、この女以外に気配は感じられなかった。

探知されない何かがいたのだろうか？

「違います……モンスターたち、魔法で強制的に働かせられているモンスターたちなのですが……」

「あぁ……それなら」

視線をモンスターの群れへと向ける。

「そんな……」

モンスターの群れを見つめ、顔を青ざめさせる獣人の女。

やはり、関係ありそうだ。

「あれは君の魔法か？」

「は、はい……」

「名前は？」

「えーと、クレ…ハと言います」

一瞬だが、名前を言うのを躊躇《ちゅうちょ》した。

偽名だろうか？

まぁ……彼女に本名を隠す必要があるというのならば、あえてそこを問い詰めることもない。

それより、

「クレハはモンスターを操ることができるのか？」

「操ることはできます。しかし……モンスターを操る……無理やり使役するのは禁忌とされているると、母から……」

操ることはできるが、禁止されている……当然だ。

モンスターを操るだなんて、勇者でもできないし、力の使い方しだいでは大きな街すら落とすことが可能だ。

今、まさにそうなっていると言える。

「禁忌なのは分かった。だが、時間がない……このままじゃモンスターたちによって街が襲われてしまうんだ。何とかできないか？」

そう言われ、考える素振りを見せるクレハ。

「もし、魔法を使わなければ……」

「モンスターは皆殺しにする……それしかないだろうな」

「そ、それは……」

もっとも、そんなことは現状不可能で、だからこそ彼女の力に頼りたいのだが……。

「分かりました、と言いたいところですが……今の私では……」

背負っていて魔力がないことも、身体が信じられないほど衰弱しているのもよく分かった。

魔法もろくに使えないだろう。

「俺の方で魔力の補填と魔法の補助をしてもダメそうか？」

「魔力の補填と魔法の補助ですか？」

「あぁ……」

俺にできることには限りがあるが、それでも力になれるのならば……。

「それは……やってみないと分かりません。可能ではあると思います。ですが、よほど凄腕の支援職の方がいないと……」

チラリとこちらに目を向けるクレハ。

「一応、俺も支援職ではあるが……」

「あの……やってみてもいいですか？　そうじゃないとあの子たちが……。あの子たちは操られて、無理やり街を襲っているだけなんです」

悲しそうな瞳でモンスターを見つめる。

あの子たち、という言い方からも分かるがモンスターたちを大切にしているのが分かる。

「分かった……やってみよう。だが、その前に……」

騎士の方を振り返る。

「マナポーションはあるか？」

「はい……まだあります」

「十本ほどもらってもいいか？」

「大丈夫ですが……いったい何をするつもり……」

騎士がそこまで言ったところで、ユイたちがやって来て、騎士の肩に手をおいた。

「ユイ殿？」

「大丈夫よ。ロイドなら……きっと何とかしてくれるわ」

ユイはそう言うと手で早く行くように促した。

「ね？　何か策があるんでしょ？」

「まぁ……成功する確率は低いが、やるだけやってみようと思う。ユイたちはモンスターを食い止める方に回ってくれ。少しの間、強化魔法を解くことになるが大丈夫だよな？」

「もちろん。ロイドの力がなくてもいけるわ」

さすがはSランク冒険者……頼もしいな。

「それじゃ、頼む……」

俺はユイにそう言い残し、マナポーションの置かれている場所まで走った。

マナポーションを数本確保し、収納魔法でしまう。

そして、辺りが見渡せるようになっている高台まで登った。

「クレハ、これを……」

「はい……」

クレハが細い腕を震わせながら、マナポーションを受け取った。

そしてゆっくりと飲む。

飲み干したのを確認し、空き瓶を受け取る。

「それじゃいくぞ」

黙って頷くクレハ。

俺もマナポーションを一本飲み、魔法を発動。

ユイたちにかけてある魔法を解除し、クレハの強化のみに力を注ぐ。

「これは……!?」

クレハが目を大きく見開く。

「魔力消費量軽減と魔法効果上昇の二つを何度か重ねがけした」

身体強化や防御力上昇、状態異常耐性などはこの際は必要ないだろう。

追加でマナポーションを飲み、もう一つ魔法を発動する。

「魔力譲渡を発動した。俺の魔力も微力だが使ってくれ」

俺が魔力タンクとなることで、クレハの魔法をサポートする。

「これならいけるか？」

「はい……全員は無理ですが、大半は行けると思います」

その言葉を聞くまで不安だったが、俺の魔法でも少しは力になれたことにホッと安堵した。

「あの……」

「なんだ？」

「あなたは何者なんですか？」

何者。そう言われ俺は首をかしげた。

「別に怪しい者じゃないぞ」

「いえ、そういうことじゃなくて……これほどまでに凄い支援魔法は初めてで……」

最後の方は声が小さく聞こえなかったが……まぁ、いいか。

「それより、頼む。モンスターたちを森へ」

「分かりました」

そう言うとクレハは俺の知らない言語で、何かを呟き始めた。

魔力が物凄い早さで減っていることから魔法を使っていることは分かるが……。

杖も詠唱もなしに使える魔法なのか……。

いや、詠唱はしている……のか？

にしてはやたら長い気もするが……。

「って、感心している場合じゃないな」

魔力の消費が激しい。魔法を発動しているため、魔力を補給できないクレハの代わりに、俺がマナポーションを飲み魔力を渡す。

そして数十秒後……、

「なっ、なんだ⁉」

「モンスターが森へと帰っていくぞ！」

「何がどうなっているんだ⁉」

下の戦場からざわざわとした驚きの声が聞こえてきた。

俺も半端ない疲労感に襲われながらも、下へと目を向けた。

「本当にモンスターが帰って……」

しかも、操っている様子はない。

今までの憑かれたような行動とは違い、モンスターが自発的に帰っていっている……そんなふうに見えたのだ。

「はぁ……はぁ……」

息を切らすクレハをそっと地面へと寝かせる。

かなりキツそうだ。

「大丈夫か？」

「はい……ロイドさんは、凄いですね。これほどのことを難なくやってしまうなんて……」

「いや、俺は大してなにもしていない。それより、何をしたんだ？　モンスターが自らの意思で帰っていくように見えたんだが……」

「モンスターたちに語りかけ、帰るように説得したんです」

説得？　モンスターと会話することが可能なのだろうか？

「クレハはモンスターと話せるのか？」

「はい……。私の魔法はモンスターを操る……ではなく、モンスターと繋がる魔法なんです。会話もその力の一つで、強制的な使役も可能ではあります」

モンスターと繋がる、それにより会話や使役が可能ということなのか……。

「すでに魔法は弱まっていたので、それらを解除し、帰るように言ったのですが……」

クレハはそう言い、モンスターの群れがいた場所へと視線を向けた。

「あぁ……まだ残っているみたいだな」

百体程度だが、こちらに進攻を続けるモンスター……ゴーレムの姿が見える。

「彼ら、ゴーレムだけは私の魔法の力とは関係なく、この街を襲おうとしていました」

なるほど。つまりあれが、魔族の男が言っていた強化モンスターということか……。

「あれが魔族の奥の手……」

どいつも普通のモンスターとは気配がまるで違う。仕組みは分からないが、強化されているのだろう。

「クレハはここで待っていてもらえるか？」

「はい……ロイドさんは……」

「ユイたちのもとへ行ってくる。それまでここにいてくれ」

俺の言葉にクレハは黙って頷いた。

よし……マナポーションはまだ残っている。

俺は最後のマナポーションを飲み干すと、ユイたちのいる堀のある場所へと走った。

◇

見張り台を駆け降り、堀へと向かうとすぐそこにユイたち四人の姿があった。

「皆、大丈夫か？」

「ええ、なんとかね。ロイドがモンスターを何とかしてくれなければ不味かったけど……」

剣を鞘へと戻しながら、安堵の表情をこぼすユイ。

だが、そんなユイたちの前方には迫り来るモンスター百数体の姿がある。

先ほどまで比べれば迫力はないが……。

「なんだ！　あと少しじゃねぇかよ！」

百体程度ならば余裕だと思ったのだろう。冒険者の一人が先頭を歩くゴーレムへと駆け寄り、剣を振り下ろした。

　しかし、剣は弾かれるどころか、根元からポッキリと折られてしまい、その冒険者は巨大な右腕で軽く吹っ飛ばされてしまった。

「何……あれってゴーレムなの？」

「たぶん、あれが強化されたモンスターって奴だろうな」

　吹っ飛ばされる冒険者を見て、改めて感じる。

　あれは普通のゴーレムとは比べものにならないほどの強さだと……。

「あんなの、どうやって……」

「私じゃ、あんなのと戦えない……」

　その様子を見ていた他の冒険者たちが膝から崩れ落ち、顔に絶望の色を浮かべている。

「ねぇ、ロイド。どうする？　このままじゃ侵入されてしまうわ」

　あれだけ強いゴーレムなら、一匹街に入り込んだだけでも相当の被害が出る。

　尚更、街に入れていいはずがない。

「ユイ……今からここにいる約五十人全員に強化魔法をかけようと思う」

「えっ……そんなことできるの⁉」

　驚き、目を丸くしながら問いかけるユイ。

「同時には無理だし、様々な効果を一人にいくつもつけるのは不可能だ。だけど、いくつかのグループに分け、一つずつ強化魔法を付与することは可能だ」

俺はそう言い、杖を構えた。

先ほどグループに分けると言ったが、高台から見た時にどう分かれているかは何となく察しがついていた。

まず、前方に固まっている盾と剣を持つ人たちに身体強化をかける。次に弓持ちにも同じ身体強化を。そして最後に、杖を持つ人たちには魔法威力上昇をかけた。

「はぁ、はぁ……」

最後の強化魔法をかけ終えた瞬間、とてつもない脱力感に襲われ、地面に膝をついてしまう。

「だ、大丈夫なの？」

心配そうな顔でユイが尋ねてくる。

「あぁ……全員に魔法はかけ終えたんだが……動けそうにない。持続時間も長くはないだろうな」

俺は最後の力を振り絞りユイの剣に触れ、強化魔法をかけた。

「だから頼む。早く行ってくれ……」

「えぇ、分かったわ！」

ユイはそう言うと戦場の最前線へと向かった。そして何故か振り返り、大きく息を吸った。

何をするつもりだ？

「皆！　今、ここにいる全員にロイドが凄い強化魔法をかけた！　確かに相手は強いけど、だからって負けていいわけじゃないでしょ！」

突然、大声で話し始めたユイのもとへと、全ての視線が集まった。

しかし、ユイはそんなことは気にせず、話を進めていく。

「ロイドの強化魔法さえあれば百人力よ！　皆だって戦えるわ！　だから、絶対に勝ちましょう！」

そう言い腕を高く上へと掲げたユイ。

「そう言えば……身体が軽い気がする！」

「本当だ！　な、何なんだこれは！」

「これがそのロイドという人の強化魔法なのね！」

ユイに鼓舞され、士気の高まる冒険者や騎士たち。

恥ずかしいし、それほど凄い強化魔法でもないため、急いで止めに入ろうとするが、叫ぶほどの声が出ないことに気がついた。

身体も動かすことができない。

「やめ……」

「それじゃ、行くわよ！」

「「おぉぉぉ！」」

ユイの合図によって一斉に駆け出す冒険者や騎士たちのその大きな怒号のような声に、俺の小さな声はかき消されてしまった。

「まずは一匹目！」

ユイが大きく振り下ろした剣が、ゴーレムの腕をスパッと切り裂く。

それでもゴーレムは悲鳴一つあげずにもう片方の腕を振り下ろす。

「無駄よ！　攻撃がくるのは分かってるんだから！」

素早い動きで振り下ろされる腕をかわし、その直後にその腕も切り落とした。

そして最後に、その巨大な胴体を横に真っ二つに切り裂く。

身体を真っ二つにされ、崩れ落ちるゴーレム。

「よし、これならいけるわ！」

また、他の剣を持つ冒険者たちもユイほどではないが、その身体に着々と深い傷を刻んでいき、その傷を狙って、弓使いや魔法職の冒険者たちが遠距離攻撃を仕掛ける。

「すげぇ！　攻撃が通用するぞ」

「本当だ！　さすがにユイみたいにスパッとはいかねぇけど……」

「これ……本当に強化魔法なの？　強化されてる、なんてレベルじゃないわ。まるで自分じゃないみたい……」

冒険者や騎士たちが、各々驚きの声を発している。

内容はどれもロイドの強化魔法に関するものだ。

あらかじめ凄腕の白魔導師だとは聞いていたが、これほどまでに凄いとは誰も聞いていなかった。

それにより微かな希望は大きなものへと変わった。

「やっぱり、ロイドのお陰だったんだな……」

そんな先ほどまでと比べ物にならないほどに、強くなった冒険者たちの様子を見ながら呟くリナ。

その大きな盾で迫り来るゴーレムの巨大な腕を、片腕で弾き返す。

片腕ということもあり、勇者パーティーにいた時のようには戦えないが、それでもロイドが抜けた後よりも力を発揮することができていた。

改めてロイドの凄さを実感する。

また、自分がロイドに何をしたのかも……。

「私は彼に酷いことを言ったのに、助けられるなんて……」

あんなことを言ったんだ。恨まれていても当然だと、リナは思っていた。

何か言われる……もしくはされるだろうと覚悟していた。

だが、ロイドはそんなことを思っているような感じは微塵もなく、何も言わずに強化魔法をかけてくれた。

「最低な人間か……」

追放した時、リナが言った言葉……。

あの時のことは今でも鮮明に思い出せる。そして左手を失ったその日からずっと後悔していた。

「最低なのは私ではないか」

自然にそんな言葉が口から溢れる。

私こそ最低な奴だと。

だが、だからこそ……、

「絶対に勝って、ロイドに謝らねばいけないな」

せっかくかけてもらったんだ。無駄にするわけにはいかない。

その思いを胸に、リナは盾を構え強く前へと踏み込んだ。

リナだけではない。それぞれがそれぞれの強い思いを胸に、痛みに耐え戦い続けた。

ゴーレムの硬い身体と金属のぶつかり合う音と、冒険者たちの声が戦場に響き渡る。

そして、あっという間にゴーレムの数はみるみる減っていき……、

「これで……ラスト！」

ユイの力強い振り下ろしの攻撃によって最後の一体だったゴーレムは身体を二つに裂かれ、地面へと倒れこんだ。

やはり悲鳴は上げずに、ゴーレムはその場に力なく倒れる。

そしてピクリとも動かなくなった。

剣を構えながら警戒し、周囲を見渡すユイ。

どこにもゴーレムや他のモンスターの姿は見受けられない。

「つまり、私たちの勝ちってこと？」

再度確認するも、敵らしき姿は一切見当たらなかった。

そう、あのモンスターの群れから、街を守りきったのだ。

「ってことは……これでイシュタルは……」

沸き上がる歓喜の声……。

「イシュタルを俺たちで守ったんだよ！」

「まさか、生きてるなんて……」

中には喜び、抱き合う者の姿も見られた。

「ふぅ……終わったか……」

俺はそんな様子を一人、眺めていた。

モンスターの気配がないか探知するも、怪しいものは感じられなかった。ならばもう、魔法を解除してもいいだろう。

そう思い、魔法を解除しようとしたその時だった。

視界が暗転し、そのまま地面へと倒れてしまう。

あぁ……そうか。どうやら俺は魔力を使いすぎてしまったらしい。

そのまま俺はゆっくりと意識を失った。

◇

「ん……」

意識がゆっくりと覚醒していく。

寝てしまったのだろうか？

俺は目を擦りながら、重い瞼を開いた。

上半身を起こし、辺りを見渡す。


「ここはどこだ？」


ベッドに座ったまま、窓の外を眺める。

窓の外には見覚えのある景色が広がっていた。

「ここは……イシュタルか？」

どうやら俺はベッドの上で眠っていたらしい。

よく思い出せないが、おそらく俺は魔力を使い果たし、どこかで倒れた。そしてその後で、誰かがここまで運んでここに寝かせたのだろう。

「そうだ、クレハは……」

辺りを見渡すがクレハが見当たらない。

俺はクレハの無事を確認するため、ベッドから出ようとした。

その時だ。

部屋の扉が開かれ、部屋の中にユイが入ってくる。

「あっ、ロイド！　起きたんだ」

「あぁ……ついさっきな」

「よかった……それで、身体の方は大丈夫なの？」

ユイが心配そうな目で見てくる。

試しに、ベッドから出て手足を軽く動かしてみた。

「大丈夫だ……違和感もない」

「そう……よかったわ。もう、ロイドが倒れた時はびっくりしたんだから……」

ユイがほっと胸を撫で下ろす。

「すまない……いろいろと迷惑をかけたみたいだな」

「そんなことないわ。皆、ロイドに感謝しているわよ」

皆とはダッガスたちのことだろう。

俺は、少しでもクルムの代わりを果たせたのだろうか？

それだといいんだが……。

いや、結果的に俺は、ユイたちには迷惑をかけてしまった。

感謝するのは俺の方だ。

「ユイ、ありが……」

「あっ、ロイド、ちょっと待っててね……そうそう、探知魔法は使っちゃダメだからね！」

「あ、あぁ……」

ユイはそう言うと、急ぎ足で部屋を後にした。

いったい、なんなんだろうか？

何故、探知魔法を使ってはいけないのか分からないが、とりあえずユイに言われた通り、探知魔法は発動しないでおいた。

そして待つこと数分後。

息を切らせながらユイが戻ってくる。

「お……お待たせ」

「ああ……どうかしたのか？」

「ううん、ちょっと用事を思い出してね」

「そうか……」

息を切らしているが……。

そこまで急ぐほどの用事だったのだろうか。

「って、そんなことはどうでもいいの！　ロイド、私について来て！」

ユイが俺の腕を力強く引っ張る。

「おいっ、急にどうしたんだ？」

「いいからいいから」

ユイに強引に腕を引かれ、部屋を出る。

どうやら、ここは冒険者ギルドのようだ。一度しか来たことはないが、建物の雰囲気からなんとなく分かる。

俺は冒険者ギルドの二階にある部屋で寝ていたらしい。

階段を下り、一階へと降りる。

「……ん？」

そこで俺はふと、あることに気がついた。

前回来た時、ここは冒険者で賑わっていたはずだ。

しかし、人の姿が全く見えない。

受け付けのカウンターに置かれている手続き途中の依頼書や、放り投げられている荷物の入った鞄など、つい先ほどまで人がいたような形跡はあるのだが……。

「っ……」

それにしても……なんて力だ。

俺が抵抗してもびくともしない。

職業的なものもあるだろうが、それにしても強すぎる。

かなり鍛えているのだろう。

「なぁ、ユイ。どこに行くんだ？」

「すぐに分かるわよ。いいからついてきなさい！」

ユイはどうしてこんなに嬉しそうなんだ？

今回の依頼は、それほどまでに報酬がよかったのだろうか……。

抵抗しても意味がなさそうなので、とりあえずユイについていく。

下手に抵抗すると痛い目に遭うだけだ。

「さぁ、着いたわよ」

ユイの足が扉の前でぴたりと止まる。そして掴んでいた俺の腕を離した。

「ロイド、開けてみて」

「えっ……俺がか？」

「他に誰がいるのよ？」

周囲を見渡す。

確かに俺しかいないな。

「うーん……」

何をさせるつもりなのだろうか……考えても答えは見つかりそうにない。開けるしかないのだろう。

俺はおそるおそる扉を開けた。

「…………」

扉を開けると、目の前には大勢の冒険者や騎士、また街に住んでいる人など、様々な人がいた。

そして全員が笑みを浮かべながら、俺の方を見ている。

これはいったい、どういうことなのだろう……。

俺は何故こうなったのかを理解することができず、とりあえず何事もなかったかのように扉を閉めた。

「ふぅ……」

扉を閉めた俺は、ホッと胸を撫で下ろした。

「ロイド！　あんたなにやってんのよ！　なんで扉を閉めたの⁉」

ユイが慌てた様子で言う。

ユイは何をそんなに慌てているのだろうか。

それに、なんで扉を閉めたのかと問われても……。

「ただ、なんとなく閉めたいと思ったからだ……」

「いや、なんとなくって……」

ユイが呆れた表情で言う。

俺は別に間違ったことは言っていないはずなのだが……。

普通誰だって、扉を開けた先に大勢の人がいたら困惑するだろう。

そしてその場合、とりあえず閉めるのが得策なはずだ。

それに師匠譲りなのかは分からないが、俺は大勢の人の前に立ったりするのは得意ではなかった。

「なぁ、ユイ……これはいったい何なんだ？」

原因は十中八九ユイにある。そう思った俺はユイに尋ねてみた。

「出てみれば分かるわよ」

出てみれば分かる……と言われてもだ。

何故だろう……。

この扉からだけは出たくないと思ってしまう。

とは言え、ここに居続けるわけにもいかない。

まだ、怠さや疲れが残っているため、早く宿に戻って寝たい。

「そうだ」

あることを思い付いた俺は、扉とは反対方向へと進んだ。

そして窓を開け、足をかける。

「ちょっ、何してるの⁉」

「いや、扉の前には大勢の人がいるからな。窓から出ようと思って……」

俺はそう言うと、そのまま窓から出ようとした。

しかし、ユイに足を掴まれ阻止されてしまう。

そのままユイは俺のことを、扉の前へと引きずる。

「痛てて……」

「さ、開けるのよ！」

ユイが鋭い目で睨んでくる。

これはマジな奴だ。

仕方ない……。

「分かった……」

俺は仕方なく、ゆっくりと扉を開けた。

再び、大勢の人たちの視線が俺の元へと集まる。

その光景を前に、俺はゴクリと唾を飲んだ。

「えーと……」

こういう場合はどうすればいいのだろうか。

アレンならば上手くやるのだろう。

だがあいにく、俺にはこういった経験が皆無で、かつ森のなかで育ったせいか人前に立つことに慣れていないのだ。

「ど、どうも」

迷った末、俺は軽く頭を下げることにした。

そしてゆっくりと頭を上げ、視線を目の前にいる人たちの元へと向ける。

果たして、これで大丈夫だったのだろうか？

不安が胸に込み上げる。


次の瞬間。

一人の男が口を開いた。

「街の英雄、ロイド‼」

「へぇ？」


俺はその男の放った言葉を、理解することができなかった。

助けを求めようと後ろを振り返るが、そこにユイの姿はなかった。

いや、この大勢の人混みの最後列あたりでユイの姿を見つけた。

ユイの奴……自分だけ、窓から逃げやがったんだ。

さんざん俺には出るなと言っていたのに……。

その後、俺は様々な人から「英雄ロイド！」と言われ続け、広場へと連れて行かれたのだった。

◇

「何故こうなった？」

俺は目の前に広がる光景を見ながら呟いた。

街の中心にある広場には多くの人が集まっており、街の料理人などが食事を作っている。

酒樽もたくさん置かれていた。

食べたり、酒を飲んだり……。

とにかく広場はお祭り騒ぎだった。

そして何故かその中心に俺がいる。

俺は状況を理解できず、一人たたずんでいた。

「ささ、ロイドさんも飲みましょうよ」

酔っぱらっている冒険者が絡んでくる。

凄い臭いだな……。

めちゃくちゃ酒臭いため、あまり近寄らないで欲しい。

師匠とのことを思い出してしまいそうになる。

「いや、遠慮しとく。酒は苦手なのでな」

「そうですか。まぁでも、主役はロイドさんなんで、しっかりと楽しんでいってくださいね」

「あ、あぁ……」

そう言うと男は去っていった。

やはり、この男も俺のことを主役と言っていた。他の人たちも同じようなことを言っている。

俺はいつ、いったい何の主役になったんだ？

そんなことを考えながら突っ立っていると、遠くから声をかけられた。

「あっ、ロイドだ！」

声の聞こえて来た方を見ると、そこにはユイの姿があった。その後ろにはダッガス、クロス、シリカがいる。また、ユイの片手には酒の注がれたジョッキが握られていた。

「どう？　ちゃんと楽しんでる？」

「いや……どうだろうな」

正直、楽しんでいるのかと言われれば、否だ。

いきなり広場に連れてこられ、その上何故か主役扱いされている。

先ほどからやけに視線を感じるし、とても居心地がいいとは言えない。

「イマイチ……かな」

「そう言えばロイドって、酒が苦手だったもんね」

確かに酒は苦手だが、理由はそれだけではない。

「まぁ、それもそうなんだが……まず、この状況の説明を……」

「あっ、ちょっと待っててね。今、シリカと同じ奴をもらってくるから」

ユイはそう言うと俺の話も聞かずに、どこかへと走っていった。

おそらく、酒が苦手な俺に気を使いジュースを取りに行ってくれたのだろう。それはありがたいのだが、話は最後まで聞いて欲しかった……。

仕方ない。代わりに残ったダッガスたちに聞くとするか。

「なぁ、ダッガス。これはいったいどういうことなんだ？」

「えっ、ロイド。それも知らずに宴に参加していたのか？」

「まぁ、そうだが……」

ダッガスが大きなため息をつく。

「おいおい……ユイの奴、何にも説明してなかったのか。ってか、気がつかないロイドもロイドなんだが……」

ダッガスたちが呆れた表情でこちらを見てくる。

「いいかロイド。お前はこの街を魔族から救った英雄なんだ。そしてこれは町を救えたことを祝う宴だ」

あぁ……そう言えば、そんなことも言われたな。

全く心当たりはないのだが。

「俺がか？」

「そうだ。お前はこの街の英雄なんだよ」

その後、ダッガスはあまりピンと来ていない俺に、この状況を詳しく説明してくれた。

その話を要約するとこうだ。

どうやら、俺は本当にこの街の英雄になったらしい。理由は魔族たちからこの街を守ったかららしく、あの後でユイが魔族とのことを冒険者や騎士、そして街の人たちにも話したそうだ。

いったい、どんなふうに話したらこうなるのかは分からないが……。

そして今、イシュタルの防衛成功を祝う宴が行われているとのこと。

「そうか……そうだったのか」

「あぁ……ってか、本当に何も知らなかったんだな」

「まぁな……」

当然だろう。自分が寝ている間に、こんなことになっているなんて想像できるわけがない。

そもそも、街を守ったのはユイたちだって同じはずだ。

俺はユイたちやクレハのサポートをしただけ。

俺が英雄と呼ばれるのは、少し違う気がする。

「なぁ、別に俺は……」

そこまで言いかけたところで、ダッガスが口を開いた。

「ロイド、お前はもう少し自信を持ってもいいんじゃないか？」

「俺もそう思うぜ！」

「私も、ロイドさんはもっと自分を評価すべきだと思います」

ダッガスの後ろにいたクロスとシリカが口を揃えて言う。

「自分に自信を？」

「そうだ、お前はもっと自分を誇っていいと思うぞ」

「そ、そうなのか？」

「あぁ……だから今日は自分が主役だと思って楽しんでもいいんじゃないか？」

自分に自信を……。

俺がまだまだであることは、事実だと思うのだが……。

「なっ、今日は楽しめって」

クロスが肩をポンッと叩く。

うーん、とりあえず楽しめということだろうか？

ならば仕方ない。

「あぁ、そうだな。ダッガスたちの言うように今日一日、頑張って楽しんでみるよ」

「いや、頑張るって……俺はそういうことを言いたいんじゃなくてだな……」

「ロイド、ジュースを持ってきたわよ！」

ユイがジュースの入ったコップを手に、駆け寄ってくる。

「ありがとな」

「おい、ロイド。今度こそ俺の話を……」

その後、俺はこの宴を頑張って楽しもうとした。いや、頑張る必要はなかったのかもしれない。

自分が主役ということには納得がいかなかったが、宴自体は意外と楽しむことができた。

ユイたちと一緒に、夜が明けるまで飲んだり食べたり……。

気がつけば、夕方から始まった宴はあっという間に終わってしまった。

ここまで楽しいと思えたのは、久しぶりかもしれない。

◇

そんな宴を楽しんでいるロイドのことを建物の上から一人の男が眺めていた。

黒いフードを被った男は、ロイドを見ながら笑みを浮かべている。

「ロイドくん、本当に楽しそうっすね。あそこにいた時よりもはるかに楽しそうっす。これは、マーリンさんにも伝えてあげないと……伝えたら喜ぶだろうなぁ」

黒いフードを被った男はそう呟くと、暗闇の中へと消えていった。

第七話 動き出した者たち

「ふぅ……やっと着いたっす」

とある森の奥に、ひっそりと建つ木造の家。
そこへ一人の男がやって来た。
男は黒いフードを被っており、全身は黒の衣服に包まれている。
見た目は、いかにも不審者というような感じだ。
男は警戒する様子もなく、その家の入り口へと足を進めていく。
「いやー、それにしても遠いっすねぇ」
扉の前にたどり着いた男はそんなことを呟いた後、トントンと軽くノックした。
しかし、反応がない。
とは言え明かりがついているし、留守とは考えにくい。
「あぁ、これってもしかして……」
何かを察した男はドアノブを握り、扉をゆっくりと開けた。

次の瞬間、炎の球が男を目掛け飛んできた。

それに気がついた男は後ろに飛び退く。しかし、炎の玉の方が速い。

その炎の玉は男に当たるすんでのところで大きな音をたて爆発。

爆発で飛ばされた土が空中を舞う。

「ふぅ……危なかったっすね。危うく死ぬところだったっすよ」

何事もなかったかのような表情で、煙の中から男が現れる。服は少し汚れているが、そこまで酷い汚れや怪我などは見えない。

男はパンパンと服を叩き、服についた土を落としながら、吹き飛ばされた扉の方を見る。

そこには、片手に瓶を持つ女がいた。

「おっ、その声はウィルなのか！　いやー、久しぶりだな！」

「はぁ……全く、マーリンさんは酒飲むといつもこうなんだから……」

ウィルという男は呆れた顔でマーリンを見ていた。

マーリンの顔は真っ赤で、遠目から見ても酔っぱらっているのが分かる。

片手には酒が入っていたのだろうと思われる瓶が握られているが、中身はすでに空っぽだ。

おそらくあれだけではない。

すでに何本も飲んでいるのだろう。

「さすがは幻の錬金術師だな。これを食らっても怪我一つしないのか……いったいどんな手品を使ったんだ？」

マーリンが首をかしげる。

錬金術師とはポーションを作ったりするような職業で、いわゆる非戦闘職というやつだ。

そんな、錬金術師であるウィルがあの爆発を防いだ……。

疑問を持って当然である。

「企業秘密っす。マーリンさんに教えると対策されそうなんで……ってか、あれマジで危ないっすよ。もしも他の人だったらどうするんすか？」

「ははは、悪いな。つい……」

「はぁ、これだからマーリンさんは……ロイドくんに嫌われちゃうっすよ？」

「うっ、それは関係ないだろ！」

かなり痛いところをつかれたらしく、マーリンが動揺している。

そんなマーリンをウィルはどこか面白そうな目で見ていた。

「もっとも、すでに誰かさんのせいでロイドくんはお酒を飲めなくなっちゃったみたいっすけど……」

「うっ……それは」

「いやぁ、いったい誰がそんな酷いことをしたんすかねぇ。あっ、そう言えば他にも……」

「なっ、それ以上言うなー！」

マーリンがウィルを目掛けて何発も炎の玉を飛ばす。だが、酔っぱらっているせいか、もしくは痛いところをつかれ動揺しているせいか……。

ほとんどの玉は、ウィルのいる方向とは全く別の方へと飛んでいた。

森の木々が爆発により容赦なくなぎ倒される。

「ちょっ……マーリンさん、やり過ぎっすよ。私を殺すつもりっすか？」

「知るかー！　どうせ私はロイドに嫌われてるんだよ！　くそ、どうして私は……」

「それ、全部マーリンさんのせいっすよね？　私にぶつけないでもらえます？」

ウィルが説得するものの、マーリンの攻撃は止まらない。と言うか、ウィルも何だかんだ言ってはいるが、この状況を楽しんでいるように見える。

マーリンの魔法により、森の木々が次々となぎ倒されていく。

二人とも周りが見えていないらしい。

そこに一人の女がやって来た。

「ちょっと、二人とも。いい加減にしなさい！」

家から出てきた一人の金髪の女が、マーリンとウィルを叱りつける。

「あっ、リリィさんじゃないっすか！　お久しぶりっすね」

「そうね。お久しぶり……って、そんなことよりも！　いい加減にしなさいって言ってるの！あんたらには周りが見えていないわけ？」

そう言われたマーリンとウィルが辺りを見渡す。

「あぁ、確かにこれ以上は不味いっすね」

「あんた……今さら気づいたわけ？」

「はは、楽しくてつい……」

ウィルがペコリと頭を下げる。

謝ってはいるが、反省している様子はない。

それを見たリリィが大きなため息をつく。

「はぁ、全くあんたらは……特にマーリン。あなたはいつもいつも……」

「ち、違う。ウィルが私のことをいじめるから、仕方なく……」

「マーリン？　あんまり言うことを聞かないようなら、またお酒を全部、水に変えるわよ」

リリィが浄化魔法を発動しようとする。

浄化魔法で酒の中にあるアルコールを消し去るつもりなのだろう。

「ちょっ、リリィ！　それはないだろ。私からお酒を取るなんて……じょ、冗談だよな？」

「私はやる時はやる女だからね？」

リリィが真面目な顔でマーリンを睨む。口を開いていないのに「冗談じゃないわよ？」と言っているのが伝わってくる。

それに対しマーリンは「頼む……それだけは止めてくれ！」と目で訴えかけている。

ウィルが二人が見つめあっているのを面白そうに見ていた。

「おい、リリィ。何をしてるんだ？」

そこへ新たに、眼鏡をかけた男がやって来た。

「ちょっとお仕置きをしようと思ってね……いいわよね？」

それを聞いた男は辺りを見渡す。

辺りの木々は何本もなぎ倒されており、地面も所々抉《えぐ》られている。

マーリンが魔法を乱射したことは、誰が見ても一目瞭然だった。

「なるほど。確かにマーリンには説教する必要があるな」

「ねぇ、そうでしょ？」

「あぁ。だが、今はそれよりも……」

眼鏡をかけた男はちらりとウィルを見る。

「お前が来たということは、奴等に動きがあったということか？」

男に尋ねられた瞬間、ウィルは真剣な表情になった。

ウィルの雰囲気ががらりと変わる。

先ほどまでとは、全く別人のようにも感じられるほどに。

「えぇ……まぁ、この話は中でしましょう」

「あぁ、そうだな……」

木造の家の一階にあるリビングで、マーリンたちは机を囲むように椅子に腰かけていた。

皆、真剣な表情をしており、その中でマーリンだけが不満そうな顔をしている。

「マーリン、少しは落ち着いたか？」

「えぇ……リリィの魔法のお陰でね！」

マーリンがリリィを睨む。

だが、リリィはそれをスルーし、ウィルたちに話を進めるように促す。

「それで、奴等は何をしていたんだ？」

眼鏡をかけた男、トールがウィルに尋ねる。

「どうやら奴等は帝国の第二皇女を誘拐した後、モンスターを使役させ、イシュタルを……いえ、正確には勇者の一人を潰そうとしていたらしいっすね……まぁ、失敗に終わりましたけど」

「そうか、そんなことが……」

失敗に終わったと聞き、トールはホッと胸を撫で下ろす。

だが、安心している場合ではない。

トールはウィルの話に、ある人物が出てきたことに違和感を覚えた。

「待て、第二皇女が誘拐されただと？　彼女はあの魔法のこともあり、帝国が厳重に守っていたはずだ。それに誘拐されたなんて、俺は聞いたことないぞ」

帝国の第二皇女がいなくなれば普通は国民の間でも騒ぎが起こるはずだ。

隣国である王国にも、当然伝わるだろう。

しかし、トールはそんな話を聞いたことがなかった。それはマーリンたちも同じらしく、驚いた表情をしている。

三人の視線がウィルへと集まる。

説明を求めているのだろう。

「あぁ、何故かって？　それは帝国は隠したかったからっすよ。魔族の侵入だけならまだしも、帝国で最も厳重な警備を魔族が破ったと知れば、周りの国だけでなく、国民からの信頼を失う可能性がありますし、不安をあおることになる……」

帝国の第二皇女はその強力な魔法ゆえに、普段は厳重な警備の中で生活していた。それに、そもそも第二皇女の魔法のことは帝国の幹部や、王国、聖教国の一部の人しか知らないはずだ。

だが、第二皇女は誘拐され、その誘拐した者は第二皇女の魔法のことも知っていた。

「確かに……第二王女の情報が漏れていた時点で大問題だ。帝国がそのことを隠そうとしていたならば、街でそんな話を聞いたことがなかったのにも頷ける」

最悪、第二皇女は闘病中とでも言っておけば、国民の前に出なかったとしても悟られずにすむだろう。国同士で協力していたとなれば、尚更だ。どこかの国が裏切らない限り、その情報が外部に漏れることはない。

しかし、ここでふと疑問が浮かぶ。

それは何故、ウィルがそのことを知っていたのかということだ。

「それじゃ、お前はどうしてそのことを知ってるんだ？」

トールがウィルに問う。

トールは、ウィルが普通知るはずのない情報を持っていたことに疑問を覚えていた。

再び、マーリンたちの視線がウィルへと集まる。

「私っすか？　そうっすね……今は情報屋として活動してるんすけど、その時にとある貴族から聞いたんすよ……もし、第二皇女に関する情報があれば伝えて欲しいってね。あぁ……信用できる人なんで大丈夫っす。そこらへんはしっかり調査してるんで」

ウィルは現在、錬金術師ではなく情報屋として街を転々としながら生活しており、そのことはマーリンたちも知っていた。

「そうだった……お前は今、錬金術師としては活動してないんだったな」

「えぇ。そのせいか、幻の錬金術師なんて呼ばれるようになってしまったっすけど……これでトールさんたちとお揃いっすね」

ウィルが笑みを浮かべながら、マーリンたちを見つめる。

「そんなに嬉しいか？」

「はい。伝説のパーティーの人たちと同じなんて……光栄っすよ」

トールの問いに、ウィルが笑いながら答える。

ただ、その笑みは嬉しいというよりかは、からかっているというような感じだった。

「伝説のパーティーね……そんなふうに名乗った覚えはないんだけど」

それを聞いたリリィが不満そうな表情で呟いた。

「おい、ウィル……話が逸れているぞ」

トールが逸れてしまった話を元に戻そうとする。

「確かにそうっすね。では、話を戻すとしましょう。えーと……第二皇女のところだったっすね」

「あぁ、そうだ。第二皇女が拐われたことについてだが、誘拐の手段や状況をもっと詳しく……」

トールとしては第二皇女誘拐について、もっと詳しく聞きたいらしく、ウィルに当時の状況やその手段などを話すように促す。

しかし、次にウィルの放った一言は、トールやリリィの予想を超えるものだった。

「……でもそんなことはぶっちゃけ、どうでもいいんすよ」

「なっ、それはどういう……」

予想外の発言にトールは驚きながらも、いったいどういう意図があってウィルが発言したのかを尋ねようとする。

「なんでどうでもいいのか、って顔してるっすね?」

「あぁ、どう考えても第二皇女の誘拐が一番の問題だろう」

トールの言葉にリリィとマーリンが頷く。

二人とも同じ意見ということだろう。

「確かに、それも大きな問題の一つではあるっす。だけど、第二皇女に関しては最悪、表に出して大きく動けば問題ない。そうすれば、帝国も〝五隊長〟を動かすことができるはずっす。

それに他の国からも大きな協力を得られる。第二皇女の魔法の件を知って誘拐しているんすから、殺されることもないでしょう」

「た、確かに……」

じゃあいったい、何が一番の問題なのか……本当に気にすべきはそこじゃない。何故、このタイミングで魔族が動き出したのかってことっすよ」

ウィルがトールたちに問いかけるように言う。

それを聞いたトールたちはウィルの言いたいことを理解したらしく、ゴクリと唾を飲んだ。

「まさか……」

「考えられる可能性は二つ。一つは新たな魔王の誕生。そしてもう一つは……魔王の復活……」

ウィルの口から出たその言葉を聞いた瞬間、マーリンが力強く机を叩き、立ち上がる。

「魔王は完全に倒したはずだ！　復活するはずがない……それに、だとすればあいつは、いったい何のために」

「落ち着けマーリン……可能性の一つであり、まだ確定したわけじゃないだろ」

「だが……」

「トールさんの言う通りっすよ。私は可能性の一つを上げたに過ぎません。一つ目の、新たな魔王の誕生の方が確率的には圧倒的に上っす」

ウィルにそう言われ、冷静さを取り戻したマーリンは一度咳払いをし、椅子へと座った。

「そうだな……すまない。話を続けてくれ」

ウィルはマーリンが落ち着いたのを確認し、再び話を始める。

「まぁ、幸い今回はロイドくんの活躍により、イシュタルも勇者も救われたんすけど……」

「そうか……待て、ロイドだと⁉　あいつがイシュタルにいるのか⁉」

ロイドという言葉を聞いた瞬間、マーリンが再び立ち上がる。

「はい……ロイドくんのお陰で、魔族の計画は阻止されたんすけど……」

それを聞いたマーリンはホッとため息をつき、胸を撫で下ろした。突然家を出ていったロイドのことをマーリンはとても心配していたのだ。

マーリンはロイドが生きていることを知り、安堵したのだろう。

我に返ったマーリンは、ゆっくりと椅子に腰かける。

「それでどうだ？　……あいつは元気にやってたか？」

マーリンがどこか懐かしそうな目をしながら、ウィルに尋ねる。

「えぇ、勇者パーティーを追放されたみたいっすけど……今はとあるSランク冒険者のパーティーに所属して、いや、所属する予定みたいっすね」

「なっ、あいつが追放だと⁉　そんなわけはないだろう！　あいつは……」

マーリンは「どんなパーティーであれ、ロイドが追放されるはずがない」と言いたいのだろう。

ロイドの支援魔法の腕はウィルもよく知っている。

「そうっすよ。職業が『賢者』のマーリンさんが、私の頑張って頑張って作ったポーションを使って、やっと越えられるレベルの支援魔法の使い手っすからね」

ウィルの作るポーションはどれも、そこらの錬金術師の作るものとはレベルが違う。同じマナポーションを作ったとしてもウィルの作るものは数倍の効果を発揮する。

そんなウィルが「頑張って」と言うのだから、よほどのものなのだろう。

「あぁ……だからこそ、ロイドに限ってそんなことは……」

ロイドの支援魔法の腕は、少なくともマーリンたちの知る者たちの中では右に出る者はいないと言えるほどのものだ。だからこそ、ロイドに限って、パーティーを追放されるなんてことはあり得ないと思っていた。

「確かにロイドくんは凄いっすよ。まぁ、直接話したことはないんすけどね」

ウィルはロイドを幼い頃から知っているが、ロイドはウィルのことを一切知らない。

ロイドと面識があるのは、リリィとトールだけだ。

だが、ロイドは二人のこともマーリンの数少ない友達程度にしか思ってはいなかった。

「でも、ロイドくんはもう少し自信を持ってもいいんじゃないっすか？　なんと言うか、真面目すぎるし、その上優秀なくせにその自覚がない……そういう人を嫌う奴もきっといると思うっすよ」

「うっ……そうかもしれないが……」

マーリンはウィルの言葉を否定することができなかった。

ウィルの言うことは間違っていない。

そう言う人だって世の中にはたくさんいる。

それは、マーリンも痛いほど知っていた。

かつて伝説のパーティーと言われ、多くの人から英雄と呼ばれた裏では、当時の勇者に嫌われたり、同世代の一部の冒険者から妬まれたりもしていた。

しかも、その自覚がないとなれば尚更だろう。

「そうだな……だが、ロイドには私のようにはなって欲しくなかった。自分の強さを過信するあまりに、仲間を失ってしまった、私のようには……」

マーリンがうつむく。

また、それを聞いていたリリィも暗い表情になる。

そんな中、トールだけは表情を変えることなく、真っ直ぐ前を見ていた。

眼鏡をくいっと上に持ち上げる。

「おい……また話が逸れてるぞ。それに、それは過去の話だろう。もうシビルは、俺たちがうつむこうが、悲しもうが、決して戻ってはこないんだ。あいつが繋いだ未来を守る、それが今の俺たちにしてやれる唯一のことなんじゃないか？」

うつむくマーリンとリリィにトールが問いかける。

「そうだな……過去ばかり見ていても仕方ない」

「ええ、そうね。私たちは今できることだけを考えましょう」

マーリンとリリィのその言葉を聞いたトールはほんの少し笑った。

「あぁ……それじゃウィルの話を聞き、対策を立てるとしよう」

「そうっすね。今回は何とかなりましたが……次もそうなるとは限りません。全てが終わった後では遅いっすからね。私たちも反撃に出るとしましょう」

◆

帝国の首都、クロイツ。

帝国は王国、聖教国と並ぶ三大国の一つだ。

住民の多くは獣人で、大陸にいる九割の獣人が帝国に住んでいる。

また、その中でも最も栄えている街であるクロイツは、皇族の住む王城があるということもあり、高い壁に囲まれていた。その石でできた壁は高く、かなりの分厚さがある。

これでは、門以外からの侵入は難しいだろう。


そんなクロイツのとある晩。

クロイツに設けられた、たった一つの大きな門の前に一人のフードを被った男がやって来た。

男はフードを深々と被っており、まるで身を隠すかのような格好をしている。

明らかに不審な人物だ。

その男に気づいた門番の一人が男へと近づいていく。

「おい、貴様！　こんな時間にどこへいくつもりだ！」

門番が男に尋ねる。

現在、第二王女が行方不明ということもあって、クロイツの警備は今まで以上に厳重なものとなっていた。

さすがに第二王女誘拐の件は伝わっていないだろうがここの門番たちは、帝国の上層部からかなり厳しく言われているのだろう。

門番からはピリピリとした雰囲気が伝わってくる。

しかし、男は門番を無視し、足を進めようとした。

まるで、門番が見えていないかのように。

「こいつ……」

忠告を聞かない男に苛立ちを覚えた門番が掴みかかる。

「おい貴様、帰れと言っているのが聞こえ……」

「邪魔だ……退け」

男はそう言うと門番の手を振り払った。

それにより、門番の男の怒りが頂点に達してしまう。

「貴様……こんなことしてただで済むと思っているのか！　その顔をよく見せろ！　規則違反で牢へぶちこんでやる！」

門番が怒声を浴びせながら男のフードをとった。

だが、フードをとられてなお、男は慌てる様子はなく、ただ門番を睨み続けていた。

動じない男とは逆に、フードをとった門番が驚愕の表情へと変わる。

「あああ、あなた様は⁉　もしかして……帝国軍五隊長の一人、リウァイブ様ですか⁉」

門番の驚き様を面白く感じたのだろう。

それを見た男がフッと笑う。

「あぁ……そうだ。急ぎの用があるんだが……出ても問題はないよな？」

男は門番を睨み付け、そう尋ねる。

いや、尋ねるというよりは「通せ」と命令しているようだった。

男からは、とてつもない威圧感が放たれている。

「は、はい！　リウァイブ様ならば、何の問題もございません！　その、どうか上への報告だけは……」

帝国軍の五隊長とは、帝国の保有する最強の軍隊に、五人しかいない隊長のことだ。

一人一人がかなりの実力者で、その強さは一騎当千ともいわれる。また、皇帝との謁見《えつけん》が許される数少ない者でもある。

そんな人に門番があんな態度をとったと知られれば、それなりの罰が下るだろう。リウァイブがこのことを告げ口すれば、門番をやめさせられることだってあり得るのだ。

門番の男がそれを避けようと必死なのが、言動から分かる。

「はぁ……まぁいい。今日は機嫌がいいからな。特別に許してやる」

「あ、ありがとうございます！」

門番はそう言うと頭を深々と下げ、リヴァイブという男を街の外へと通した。


リヴァイブは門をくぐり、そのまま森の奥へと足を進めた。そして少し離れた場所で足を止め、周囲に人がいないことを確認する。

「よし、近くには誰もいないな……」

そう呟くと同時にリヴァイブの身体が獣人の姿から、魔族の姿へと変わった。

獣人に変化する魔法を解いたのだろう。

つまり、この魔族の姿がリヴァイブの本当の姿である。

「もう大丈夫だ……そこにいるんだろ？」

リヴァイブが何もないはずの場所へと語りかける。

すると突如、黒い衣服に包まれた男が空中から現れた。

「はい……お待ちしておりました……」

真っ黒な衣服に包まれた男は、どこか後ろめたそうな顔をしながらリヴァイブの前にひざまずいた。

「どうかしたのか？」

疑問に思ったリヴァイブが男に尋ねる。

「い、いえ。その……グリスト様が計画していた勇者殺害の件ですが……」

グリストとは。リウァイブのもう一つの、いや、本当の名前だ。

魔王軍四天王の一人、グリスト。

魔族の中では、知らない者はいないと言われるほどの人物である。

「あぁ、それについて聞くために呼んだんだ。で、どうだ？　上手くやったんだろうな？」

グリストが機嫌良さそうに、笑いながら尋ねる。

しかし、それを聞いた男はビクビクと小刻みに震えていた。

男は怯えた目をしており、何度かパクパクと口を開いた後で、やっと話し始めた。

「た、大変申し上げにくいのですが、グリスト様の立てた計画は……失敗に終わりました……」

「……ん？」

男の言葉を聞いた瞬間、グリストの口元がぴくりと動く。

「おい、俺の聞き間違いだよな？　今、失敗したって聞こえたんだが……」

グリストの握りしめた拳に力が込められる。

ギリギリ冷静さを保っているような感じだ。

「もう一度聞く……計画は失敗したのか？」

「は、はい……」

「そうか……失敗か」

それを聞いたグリストは笑いだした。

意外と怒っていないのだろうか。

そう思い、男がほっと胸を撫で下ろした……。


次の瞬間、グリストの表情が急変し、右腕で男の胸を貫いた。

男の口と貫かれた胸から、大量の鮮血が吹き出る。

「グ、グリスト様……どう、して……」

グリストが男の胸から右腕を抜く。それにより、支えを失った男は地面へと倒れこんだ。男の胸からはいまだ大量の血が流れ出ている。

「……ちっ、どいつもこいつも……」

右足を上げ、それを倒れた男の頭の上まで持ってくる。

「な、何を……」

男が何かを言おうとするが、グリストはその言葉を聞くつもりもなく、そのまま右足を力強く男の頭へと振り下ろした。

「くそ！　俺がどれだけ苦労したと思ってる！　毎日毎日、見た目も心も獣人になりすまし……信頼を得るために皇帝に尽くし……やっと連れ出したんだぞ！」

何度も何度も、繰り返し男の頭を踏みつける。

その度に、ぐちゃっという音をたてながら血が周囲に飛び散った。

「くそ……これで手柄を上げれば他の四天王よりも、上の位をもらえたというのに！」

その後もグリストは、「くそ！　くそ！」と連呼しながら、男の頭を踏みつけ続けた。

グリストの計画は途中まで順調に進んでいた。

勇者パーティーの実力も予想以下のものだったし、特殊な石に第二皇女の魔法を付与し、モンスターを操ることにも成功した。

依頼でSランク冒険者のパーティーをイシュタルの外へと誘き出し、排除することもできた。

ここまではよかった。


後はイシュタルの住人と勇者が、モンスターの群れに蹂躙《じゅうりん》されさえすれば、計画は成功するはずだった。

勇者という存在に対する評価を落とし、勇者に対する支援を少しでも減らすことにより、他の勇者の戦力を少しずつ弱体化させていく。

そして魔王軍にとって戦いやすい状況を作る。

計画に余念はなかった。

それなのに、グリストの考えた計画は失敗した。

「くそ……どうなってるんだ？」

理解できない。

重要な場所には、それなりの実力を持つ配下を配置した。

ミスをするとは思えない。

「……まぁいい」

しばらく考えたが、グリストは考えるのを止めた。

いくら考えても、失敗という結果は変わらない。そう思ったからだ。

それに、今のグリストからすれば失敗したことなんてどうでもよかった。

それより、

「俺の計画を狂わせた奴がいるはずだ。それが誰だかは知らない。だが必ず見つけて……この手で殺してやる」

そう言うグリストの目は、溢れんばかりの怒りと狂気で満ちていた。

勇者パーティーの崩壊～称号剥奪～

イシュタルの広場で宴が行われた晩。

アレンたち勇者パーティーは、勇者のために設けられた建物の一室に集まっていた。

部屋の中には円形の大きな机と、それを囲むように置かれた六つの椅子があるが、そのうちの三つが空席となっている。

もともとは、ミイヤ、リナ、そしてロイドが座っていた席だ。


「くそ……なんで……」


アレンが不機嫌そうな表情で呟く。

ミイヤが出ていってしまったこともあるだろうが、アレンが不機嫌なのは、それだけが原因でない。

冒険者ギルドを出た後、冷静になったアレンはあることを思い出した。

それは、これが緊急依頼であるということだ。

勇者である以上、緊急依頼には参加しなければならない。

しかし、冒険者ギルドであんなことを言ってしまったため、アレンたちは緊急依頼に参加することができずにいた。

このままでは不味い……。

そこでアレンはふと、あることを思い付く。

自分から行く必要はない。あいつらが、冒険者や騎士が向こうから来るのをただ待てばいいのだと。

勇者である自分の力なしではあのモンスターの大群から、イシュタルを守ることはできまい。あいつらは必ず、助けを求めにここへとやって来るはずだ。

そしたら冒険者や騎士に、冒険者ギルドでの無礼を謝らせ、その後で助けてやろうと。

アレンはそう考えていた。

ルルもシーナもアレンの考えに賛成し、冒険者や騎士が助けを求めやって来るのを待つことにした。

しかし、いくら待てども騎士たちが来る気配がない。

それから数時間後、
ちょうど日が沈み始めた頃だろうか。

イシュタルの防衛に成功したという知らせが街中に広まった。

結果、緊急依頼だったにもかかわらずアレンたち、勇者パーティーが参加することなく、イシュタル防衛は成功したのだ。

「アレン……このままじゃ私たち、不味いんじゃない？」

ルルが不安そうな顔でアレンに尋ねた。

シーナも口には出さないが、不安であることがその表情から伝わってくる。

「あぁ……そうだな」

ルルの問いにアレンは表情一つ変えずにそう答えた。

焦りが見えないアレンの態度に、イラッときたルルは少し大きめの声でアレンへ再び尋ねようとする。

「ねぇ、アレン。本当に分かって……」

「そんなことは分かってんだよ！」

アレンが怒鳴り声を上げ、ルルを睨む。

アレンの瞳に映るのは焦りではなく、怒りだった。

ルルを睨むアレンの目は血走っており、かなり苛立っているのが分かった。

「そ、それじゃ……どうするの？　私たちこのままじゃ追い出されるわよ」

ルルの言う通り、この建物にアレンたちが住み続けることはできないだろう。

アレンたちの住む建物は、勇者パーティーのために設けられた建物とはいえど、その所有権は王国にある。

それに、この建物は国民から集めた税金で建てられたものだ。

勇者でない者をいつまでも住まわせることはないだろう。

もっとも、だからといっていきなり追い出されるようなことはないだろうが、それも時間の問題。

ルルたちが焦っているのはそのせいだろう。

だが、それでもアレンの表情に焦りはなかった。あるのは怒りだけだ。

「ルル、シーナ……ここを出るぞ」

「えっ……ここを出るんですか？」

シーナがアレンに尋ねる。

「あぁ……そうだ。ルル、シーナ、急いで荷物をまとめろ」

「アレン。別にそんなに急がなくても……」

ルルがそう言いかけた……その時だ。

アレンが立ち上がり、力強く机を叩く。

「あいつを！　あのロイドを、英雄扱いするような街だぞ！　どうせあいつのことだ。何かせこいことをしたんだろうがよ……だが、あいつに騙されるような奴もどうかしてんだろ！　そんな街に残るつもりはねぇ。俺は今夜、街を出るぞ」

それだけ言うとアレンは部屋を出ていった。

荷物をまとめにいったのだろう。

少しの間、部屋の中に静寂が流れ、アレンの足音だけが微かに聞こえてくる。

「あの、ルルはどうするんですか？」

アレンの足音が聞こえなくなったのを確認し、シーナがルルに尋ねた。

「そうね……私はアレンについていくかな」

少し迷った後で、ルルはそう答えた。

「……それはどうして？」

「ほら。だって、私がこの街にいても街の人からは冷たい目で見られるだろうし……とりあえず今は、アレンと一緒にいた方がいいかなって……それで、シーナはどうするの？」

「……私もアレン様についていきます」

どうやら、シーナもアレンについていくらしい。だが、そう答えたシーナの目は、かつてアレンに向けていた目とは明らかに違う目をしていた。

どこか自信のない瞳で、シーナがアレンの座っていた椅子を眺める。

もしかしたら、シーナは自分の回復魔法が弱まったせいでリナを救えず、アレンの評判を悪くしてしまったと思っており、その責任を感じているのかもしれない。

「そうよ、きっとアレンなら何とかなるわよ。だって、勇者なんだしさ……」

ルルが不安そうなシーナを気遣い、笑みを浮かべる。

「それじゃ、私たちも準備しないとね」

「……そうですね」

その後、アレンたち三人は荷物をまとめ、イシュタルの街をこっそりと出ていった。

番外編 悪魔が放ちし「青天の霹靂」

まだ、俺が幼かった頃の話だ。


俺はベッドの下で寝ていた。上ではなく、下でだ。

毎日きちんと掃除をしているため、ホコリなどはなく、綺麗な状態に保たれているが、床は硬いし何より狭い。

寝心地だって当然良くはない。

俺には、それはそれは恐ろしく怖い師匠がいた。

今はその師匠から隠れているところだ。

「よし、ロイド！　今日は魔法の研究をするぞ！」

遠くから聞こえる女性の叫び声。

俺の師匠、マーリンの声だ。

それを聞いた俺は、無駄だと分かっていながらも、息を殺し、身を潜めた。

これが、俺にできる最大の抵抗だ。

しかし……。

「ロイド、そんなところで何をしてるんだ？」

ベットの下を覗き込んでくるマーリン。

そりゃそうだ。探知魔法を使える師匠から隠れられるはずがない。

くそっ。もう少しで気配を消す魔法が作れたのに……。

「お前……そんなところで何してるんだ？」

「その、暗いところにいたい気分で……」

「そうか……ならちょうどいいな。今から地下の実験室で魔法の研究をしようと思ってたんだ。あそこは日が当たらないし、ちょうどいいんじゃないか？」

「えっ、いや……あっ、何だか日の光に当たりたくなってきたなー」

「それじゃ、今から森に行って実験に必要な薬草を……」

ダメだ。

何を言っても師匠の前では通用しない。

ここ最近はずっとこんな感じで、過酷さは日に日にエスカレートしていっているように感じる。

ひょっとして、師匠は休みを知らないのではないだろうか？

「師匠、〝休み〟って言葉を知ってますか？」

「あぁ……もちろんだとも」

「師匠、俺の今月のスケジュール覚えてます？」

「さっきから何だ？　私をバカにしているのか？　スケジュールは私が組んだんだ。覚えているに決まってるだろう」

つまり、分かってて言っているらしい。悪魔か？

ちなみに今月の俺のスケジュールだが、三十日あるうちの三分の二が支援魔法の鍛練で八日が山での一人サバイバル。そして残りの二日が未定といった感じだ。

そう。休みとはどこにも書かれていない。

未定の部分が休みになる確率はだいたい五十％ほどで師匠の機嫌がほどよければ休みになる。

しかし、極端に良い場合は、一緒に鍛練をしてくれるという地獄のコースとなってしまう。

そのため、下手に機嫌をとることはできないのだ。

加減を間違えれば、自ら地獄に飛び込むこととなってしまう。

その上、俺は毎日家事をやらされていた。

鍛練は基本、日が昇ってすぐに始まり、終わりは日が暮れる頃なので、睡眠も含め俺の自由時間はそう多くない。

家事がなければ楽になるんだが。

「ブラックだ……」

「ん……どうかしたのか？　キツいなら魔法で回復してやろうか？」

「いや……休ませてください」

どうやら、師匠には休みという概念がないそうだ。

師匠は毎日休みみたいなものなのに……。

「理不尽すぎる……」

「何か言ったか？」

「いえ、何も……」

◇

あの後、俺は興味もない美容魔法（？）の研究に何時間も付き合わされ、気がつけば翌日の朝になっていた。

つまり、これから鍛練をしなければならないわけだ。

寝る暇はないが、風呂に入る時間はありそうだな。

そんなことを考え、大きなあくびをしながら、背を伸ばしていると師匠がこちらへと近寄ってくるのが分かった。

「ロイド、今日は休んだらどうだ？」

「えっ……」

師匠から放たれたその言葉の意味を、俺は理解することができなかった。

いや、寧ろ雷に打たれたような電撃が体を貫いた。何せあの師匠から〝休み〟なんて言葉が出てきたのだから。

　あり得ない…あの師匠が休みだと⁉

「師匠、風邪でも引いたんですか？」

「いや、風邪は引いていないと思うが……」

「頭を打ったり……はっ、もしや魔法の誤爆で、自分に魔法をかけてしまった？　あり得る。むしろ、師匠が休みなんて言うことの方があり得ない……」

　しかも、今日の師匠はやたらと嬉しそうな雰囲気を醸し出している。

　結局、師匠の求めるような魔法はできなかったのに、とても嬉しそうなのだ。

　こんなの恐怖以外のなんでもない。

　師匠に何があったのかは知らないが、俺からすればそれは異様な光景だった。

「師匠、何を企んでるんですか？」

「人聞きの悪いことを言うな！　私は何も企んでない。ほら、お前が言うように、少しは休みがあってもいいかなと思ってだな」

　何だか、普段より嬉しそうに言う師匠。

　これは師匠なりの優しさだった。実の子供ではないが、マーリンからすれば我が子のような存在だった。故に厳しくしていたのだ。

　また、研究に誘った理由も、久しぶりに一緒の時間を過ごしたいという思いもあってのことだった。

しかし、そんな不器用な方法で、当時の俺がそれに気がつくはずもなく……。

「いえ、俺には鍛練があるので！」

「えっ……あっ、ちょ、ロイド！　どこに行くんだ⁉」

怖くなった当時の俺は、いつも鍛練している場所まで逃げるように、全力で走った。

一人、部屋に取り残されたマーリン。

「はぁ……本当に私は不器用だな」

マーリンはそう言い、肩を落とし、ため息をつくのだった。

本書に対するご意見、ご感想をお寄せください。

あて先

〒162-8540 東京都新宿区東五軒町3-28
双葉社　モンスター文庫編集部
「水月穹先生」係／「DeeCHA先生」係
もしくは monster@futabasha.co.jp まで

Mノベルス

勇者《ゆうしゃ》パーティーを追放《ついほう》された白魔導師《しろまどうし》、Sランク冒《ぼう》険者《けんしゃ》に拾《ひろ》われる～この白魔導師《しろまどうし》が規格外《きかくがい》すぎる～

2020年12月1日　第1刷発行

著　者　水月《すいげつ》　穹《そら》

発行者　島野浩二

発行所　株式会社双葉社
〒162-8540　東京都新宿区東五軒町3番28号
［電話］03-5261-4818（営業）　03-5261-4851（編集）
http://www.futabasha.co.jp/（双葉社の書籍・コミック・ムックが買えます）

印刷・製本所　三晃印刷株式会社

［電話］03-5261-4822（製作部）
ISBN 978-4-575-24350-5 C0093　

Mノベルス

転生先が
残念王子
だった件
Tenseisaki ga Zannen Ouji datta ken
～今は腹筋1回もできないけど
痩せて異世界救います～
著 回復師
イラスト／蓮禾
海外出張の帰りに飛行機事故に遭った青年は女神に邪神の討伐を依頼され異世界に転生することになった。しかし、邪神討伐のため、お約束的な『鑑定』『探索』『倉庫』のチート3点セットと、チュートリアル的なAIさんをもらえたのは良かったものの、転生した先は貴族界でも有名な醜く太った『豚王子（オークプリンス）』とあだ名をつけられている大国のバカ王子ルークで……。『腹筋1回もできないとか、女神様マジ勘弁してよ！　邪神相手にこの体でどうしろと？　クソッ！　痩せてやる！』豚王子のダイエット奮闘記、ここに開幕！

Mノベルス

魔王様、リトライ!

Maousama Retry!

神崎黒音 Kurone Kanzaki
[ill] 飯野まこと Makoto Iino

どこにでもいる社会人、大野晶は自身が運営するゲーム内の「魔王」と呼ばれるキャラにログインしたまま異世界へと飛ばされてしまう。そこで出会った片足が不自由な女の子と旅をし始めるが、圧倒的な力を持つ「魔王」を周囲が放っておくわけがなかった。魔王を討伐しようとする国やら聖女から狙われ、一行は行く先々で騒動を巻き起こす。見た目は魔王、中身は一般人の勘違い系ファンタジー！

発行・株式会社　双葉社